Twee stemmen

TWEE STEMMEN

Cécile Vanderstraeten

Davidsfonds/Literair

‘Eigenlijk zou ik je een winter lang mijn flat eens willen lenen: je zult merken dat het beeld van de zee je misschien met de dood zal verzoenen.’

Eric de Kuyper, ‘Duel om Oostende. Eric de Kuyper antwoordt Charlotte Mutsaers’, in *Ons Erfdeel*, 1998, XLI, 4 p.p. 527-533.

Voor Hilde en Harry
Met dank aan J.S.

I

Ik krijg een schok en stoot mijn hoofd tegen het dak van de auto. De verkeersdrempel over het hoofd gezien. Ik let niet meer op de verkeerstekens of op het paaltje van de brievenbus, waar ik vanmorgen tot grote ergernis van Johan tegenaan reed. Ben ik dan zo verstrooid?

Ik zie wel dat Rikske met zijn blauwviolet alpenpetje en zijn rode halsdoek met zwarte bollen '35 jaar hoogovens in Klabbeek' - naar mij gluurt als ik voorbijrijd. Hij is bezig in zijn voortuintje. Met een scherp mes snijdt hij een autoband open. Hij zal hem binnenstebuiten vouwen en er een decoratieve plantenhouder van maken. Ik heb een hekel aan Rikske die nooit goedendag zegt, maar spottend grijnst. Ik zou zijn decoratieve autoband willen zien vergaan in stofferige dorheid. Dát zie ik dus wel. Ik zie ook dat Paula een lantaarntje aan haar gevel gehangen heeft. Naast de voordeur. Waarom wil ze licht aan haar voordeur? Ze krijgt nooit bezoek. Als ik voorbijrijd schuift haar gordijn opzij. Na een maand kan ze het weer wassen. Een bezigheid als een ander. Waarom heeft zij tijd te veel en ben ik zo gejaagd om al mijn werk gedaan te krijgen? Op het pleintje zie ik op het platgelopen grasveld kinderen spelen. Marokkaanse kinderen. Jongens met donkere krullebollen, meisjes met hoofddoekjes en in lange jurken. Ik registreer ze, meer niet.

Ik draai voorzichtig de Tulpenlaan in. Wie kreeg het in zijn hoofd om in een woonwijk gevaarlijke bochten en onoverzichtelijke kruispunten aan te leggen? Uit de Honingboomstraat schuift een rode GTI op een paar centimeters voor mij voorbij! Wat soort boom is een honingboom? Al een halfjaar lang - sinds we hier wonen - stel ik me de vraag. Waarom zoek ik het niet op? Wanneer zou ik voor het laatst een boek opengeslagen hebben? Ik ben een robot die vooruitschuift.

Had ik het niet gedacht? De 'Italiaan' heeft weer de straat ingepalmd als werkhuis. De stukken van een versleten Vespa liggen verspreid rond het ontmanteld tuig: een wiel, een binnen- en buitenband, schroeven, moeren en een rode, plastieken kom met vies water. Als ik stop, schopt hij alles opzij om mij met een gracieuze armzwaai door te laten. Hij lacht. In mijn achteruitkijkspiegel zie ik hem mijn wagen nastaren. Ik lach niet. Ik heb een hekel aan de mannen uit de buurt. Niet alleen aan Rikske met zijn petje, aan de smoezelige Italiaan met zijn vuile handen, maar ook aan de sportievelingen op witte kussenschoenen en in strakke jeans. Op vrijdagavond verfoei ik hun roze hemden, hun gebloemde dassen, hun witte sokken als een lichtje tussen de gestreken broekspijp en het kwastje op hun fijne schoen. Hun dwaas omhooggekamd kapsel - als een half wilde, half kunstmatige kuif - is zó mannelijk agressief als hun blik.

Zou Johan al thuis zijn? Is Eefje al afgehaald? De garagepoort staat open. Het logo van BMW met zwarte bogen en het blauw en witte cirkelsegment is alleen zichtbaar op het zwarte kofferdeksel. ('Als je een vertegenwoordiger bent, kun je het best rijden met een snelle en comfortabele wagen die nog veilig is bovendien.') Zijn wagen staat beschut in de garage. De mijne blijft op straat staan ('Een tweedehandse Toyota Corolla kan best buiten blijven. Wie steelt die nou?'). Ik aanvaard die argumenten al bijna een jaar. Waarom eigenlijk? Ik rijd al een halfjaar van hieruit naar Leuven. Niet snel. Niet comfortabel. Niet veilig. Naar het verongelukte Klaasje toe.

'Je hoeft toch niet stipt om negen uur in 't ziekenhuis te zijn?'

'Moet jij stipt om negen uur je broodautomaten aanprijzen?'

'Als ik een afspraak heb met een klant, kan ik niet te laat komen. Kijk maar, mijn agenda staat vol!'

'En de mijne is leeg. Zo redeneer jij.'

Ik trek de sleutel uit het autoslot, rek me uit, kijk door het raam van de woonkamer. Ik zie Johan niet. Eva ook niet. Zijn ze in de keuken? Of zitten ze voor de televisie?

Ik wilde dat ik aan zee was. In het appartement van mijn moeder. Op de dijk in Oostduinkerke. In maart verhuurt ze het toch niet... Maar ze laat me er vast niet in. 'Je gaat toch niet alleen naar zee als je twee jonge kinderen hebt! En wie zal er bij Klaasje blijven? Dat is niet de taak van een grootmoeder. En Johan moet werken. Trouwens sinds wanneer hebben jullie geld genoeg om zo maar in maart naar zee te gaan en het werk in de steek te laten?'

Alleen aan zee. Heel alleen aan zee. Niemand die me aanspreekt. Alleen even praten met de bakkersvrouw als ik brood haal. En met de visser aan de mijn in Nieuwpoort. Ik wil op het strand wandelen en naar de zee kijken. In maart is er haast niemand aan zee. Maar ik kan niet naar zee. Ik moet iedere dag naar Klaasje. Heel mijn leven zal ik naar Klaasje moeten. Of zal ik er voor Klaasje zijn. Johan verdient geld. Johan houdt het niet vol bij Klaasje in het ziekenhuis.

'Een vader kan dat niet aan,' zeggen de dokters. 'De vader wordt er depressief van. Hij heeft een labiele persoonlijkheid. Hij zou zijn heil kunnen zoeken in de alcohol en een kind kan een verslaafde vader best missen. Een moeder is sterker. De moeder is ook verstandiger. Ze kan meewerken aan het genezingsproces.' Ach, was ik maar zwak en een beetje dom. Misschien kon ik dan eens weg. Naar zee. In maart.

Eefje doet de deur open. Ze is bloot van haar navel tot aan de vuile, witte sokjes. Haar zoen smaakt naar de geglaceerde lolly waaraan ze likt. Haar handjes plakken in mijn haar. Haar gezichtje zou passen op een folder voor de vierde wereld. Mooi, maar besmeurd. Grote ogen, maar te ernstig voor haar leeftijd.

'Waarom laat je dat kind in haar blote poep rondlopen? Zijn er geen pampers meer in huis?' vraag ik aan Johan als ik binnenkom.

'Toch wel,' antwoordt hij. 'Maar met een luier wordt ze nooit zindelijk. Besef je wel dat ze al drie jaar is?'

'Ik besef niets meer. Alleen dat ik moe ben. Doodmoe. En dat ik naar zee wil. Helemaal alleen.'

'Ben je gek! Naar zee? Nu, in maart? Dat kan toch niet! En de kinderen dan? Je meent het toch niet?'

'Ik meen het niet. Neen. Heb je Eefje iets te eten gegeven?'

'Ze wilde niets. Alleen die lolly, van je moeder gekregen.'

Ik wil de zee zien in maart. Druilregen af en toe. Alles grijs met een sliert roze of een sliert blauw erdoorheen. Nauwelijks een horizon. Nooit wolken. Alleen neerhangende grijze, grauwe gordijnen. Het strand is een beetje roze met vlekken oker en zwart. Heel vlak. Zonder plassen of gestreepte banken. De branding is een bruin festoentje.

'Hoe was het met Klaasje?,' vraagt Johan.

'Altijd hetzelfde. Het zal met Klaas wel altijd hetzelfde blijven. Of denk je misschien dat er met hem een mirakel zal gebeuren?'

Ik wil naar zee. Geen Klaasje. Geen Eefje. Geen Johan. Alleen strand, zee en hemel. De lucht een baldakijn van grijs. En 's avonds in het westen een lange, smalle strook rozerood. Ik wil dat zien vanuit het raam van mijn moeders appartement.

'Wat kwam moeder doen?' vraag ik. 'Ze kwam toch niet alleen een lolly geven?'

'Ze wou nieuws over Klaasje. Ze vertelde dat ze aan haar grote schoonmaak begonnen was. Ze bracht ons haar gebloemde koffieservies. Ze heeft het niet meer nodig. Bij haar komt er niemand meer op de koffie, zegt ze. Dus krijgen wij het servies. "Kristien zal het zeker graag willen hebben, want het is van bomma geweest," zei ze. 't Staat in de keuken, op het aanrecht.
Ze klaagde dat ze zo alleen was. Paul had haar een papier gebracht van de bank en was direct weer weggegaan.'

Ik sta met mijn broertje Paul 's morgens vroeg, als er nog weinig volk is, op het uitgestrekte strand van Oostduinkerke. Op dat harde bruine stuk dat de zee bij eb leeg laat liggen. Paul kerft met een schopje zijn naam in het zand. Ik kan mijn naam nog niet schrijven. Ik sleur mijn spaatje achter mij aan en kijk om naar de lange, grillige staart die ik maak. Mijn blik glijdt over de warme, kleine plassen vol garnaaltjes - 'zeetjes' noemen we ze - over de geribde bankjes die pijn doen aan mijn voetzolen, tot op het strand waar nu gekleurde poppen van mensen bewegen. Plots zie ik iemand wuiven. Ik wuif terug! Bomma! Ik hol door de plassen. Mijn schopje pletst dansend in het water. Ik wuif! Bij de volgende vakantie aan zee was bomma dood.

'Pas op, Eefje. Van de kopjes blijven! Ze komen nog van mijn oma. Kom, ik zal je wassen en daarna het eten klaarmaken.'
Waarom zegt Johan nooit dat hij Eefje zal wassen? Waarom vraag ik hem nooit: 'Was jij Eefje?' Of 'Schil jij de aardappelen? Hang je de was op? Ik wil graag de krant inkijken.' Waarom kan ik nooit eens lezen terwijl hij strijkt? Ik kan het niet vragen. Ik heb het eigenlijk nooit geprobeerd. Ik denk dat hij zou

schelden. Als hij boos wordt, slaat hij misschien. Hij heeft me al eens geslagen.

'Blijf toch eerst even zitten. Vertel me hoe het met Klaas is.'

'Als je vaker naar hem toeging, dan wist je zelf hoe het met hem is,' zeg ik bitsig. 'Niets beter. Helemaal niets beter. Hij zal niet meer spreken. De dokters zeggen niets. Hij maakt geen enkele vooruitgang. Zijn ogen worden doffer en doffer.'

'Ik kan onmogelijk nog naar hem toe. Ik ga eraan kapot als ik hem zie.'

'En als ik er ook eens aan kapotging?'

'Ik kan toch mijn werk niet in de steek laten. Je weet best hoeveel geld we nodig hebben.'

'Je kan wel het hele land rondrijden om op iedere hoek van de straat een kast van een broodautomaat neer te poten. Kan je dan eens niet naar het ziekenhuis, om er een uurtje bij Klaasje te blijven? Als je dan nog behoorlijk wat geld verdiende, maar dat doe je ook niet. Ons huis is al verkocht. En wat er van de erfenis van vader overblijft, moet aan geneesmiddelen worden besteed. Je moest te vroeg opstaan toen je nog bakker was. Je had altijd dorst van het meelstof en van de gesuikerde geuren. Je was liever handelsreiziger. Je ging liever venten met je broodautomaten waarvan de mensen niet willen weten. Dan kun je bij iedere eventuele klant een pint pakken.'

'Hou op, Kristien. Je bent moe. En je bent slechtgezind. Dan begin je altijd over mijn drinken! Ik wil dat je daar niet over spreekt in het bijzijn van Eva.'

'Het kind heeft wel al andere dingen gehoord.'

'Wat dan wel? Zeg het maar.'

''k Ga Eefje wassen.'

Ik wil naar zee. Ik wil storm zien op de Noordzee. Stuifzand dat met een onbeschrijflijke snelheid rondtolt. Een zee van staal: blauw, grijs met schuimende franjes op de kop van iedere golf. En kudden razende, witte wolken.

'Gaan we naar zee, mama?'

'Ach neen, liefje. In de zomer gaan we naar zee. Nu is het er veel te koud. Nu is er storm op zee.'

'Wat is storm op zee, mama?'

'Kijk. Ik ga storm maken in het bad. Je mag meedoen. We

maken golven, we spatten en we blazen.'

'Storm is leuk, mama. Mag ik echt water pletsen op de vloer? Zal papa niet boos zijn?'

De hemel wordt snel donker. De buien striemen. Het volle geweld van een waterval. De regen valt bijna horizontaal. Door iedere spleet van het raam tuit en fluit de wind. Een meeuw drijft op de wind, schijnt achterwaarts te vliegen, in de richting van haar staart. De golven bestormen het strand.

De vloedlijn ligt hoog. De zee pijnigt, kwetst.

'Eefje, de storm gaat liggen. Het wordt stil aan zee. Sta eens op. Ik ga je wassen.'

Kleine wolkjes met teer roze en blauw ertussen. Een beetje groen. Heldere lucht op een roodbruine zee.

'Ik heb honger, mama.'

'Ik maak je een bord havermoutpap. Ik vertel een verhaaltje en je gaat slapen.'

Eefje, het liefst wilde ik samen met jou gaan slapen. Een tijdje je haar strelen. Die ernstige rimpel tussen je ogen wegwrijven en zoete woordjes fluisteren. Je oogleden zien sluiten en je handje voelen ontspannen in mijn handpalm. Blijven liggen. Ook mijn ogen sluiten. Dromen van de zee. De zee 's nachts. In het appartement van mijn moeder. Mijn gezicht leggen tegen het raam en het beeld afschermen door mijn handen naast mijn slapen te zetten. Het glas is beslagen rond mijn mond. Met mijn vinger schrijf ik jouw naam op het koude oppervlak. Ik glimlach. Het knipperlicht van een boei wenkt in de verte. De maan komt tevoorschijn achter een indrukwekkende wolk. Een halo van wit, bleek licht. Drie twinkelende sterren eromheen. Verder zwart, onvoorstelbaar diep zwart. Ik hoor de zee ritmisch op en neer gaan. Zoals jouw buikje. Zoals de lucht die in en uit je neusje blaast. Ik wil met jou gaan slapen.

'Trek het niet te lang, Kristien,' roept Johan. 'Het kind heeft honger. Morgen zal ze weer niet uitgeslapen zijn. En dan word jij lastig, omdat zij lastig is. Wij moeten trouwens ook nog eten.'

'We komen,' antwoord ik kort.

Ik wil naar zee. Johan niet horen. Klaasje niet meer zien. Alleen. Alleen Eefje misschien mee. Zij kan mij vervullen met zaligheid. Als Johan er maar niet is.

'Zou je met mama graag naar zee gaan, Eefje?' vraag ik.

'Zet het toch uit je hoofd. En niet in het hare. Je weet dat het niet kan.'

'Jij zegt dat het niet kan. Misschien zegt moeder ja, als ik het haar vraag.'

'En Klaas dan, laat je die zo maar in de steek?'

God, laat me zwijgen. Als ik nu antwoord ga ik brullen. Ik ga schelden als een viswijf.

'Kom mee naar de keuken, Eva. Ik maak je pap klaar.'

Wat een rotzooi is het hier. Vind ik nog een schone pan? Vanavond laat ik de vaat in geen geval staan. Johan kan helpen. Op het koude water van de spoelbak drijft een vetlaag. Ik vis er een pannetje uit, schrob het schoon. Mijn handen zitten vol met een plakkerig goedje.

'Ga in je stoeltje zitten, Eefje. Wacht, ik veeg het even schoon.'

De vaatdoek stinkt. Ik gooi hem in de pedaalemmer. Het deksel trilt na. Ik neem een schone doek uit de kast en klap de deur brutaal dicht. Eefje kijkt angstig. Ik aai haar over het haar terwijl ik de stoel schoonwrijf.

'Breek jij hier de boel af?'

Laat me blijven zwijgen tot de kleine in bed ligt en slaapt. Ik neem stilletjes de melk uit de koelkast. Ik beheers mijn bewegingen, draai de knop om van het fornuis, zet het rode steelpannetje op de kookplaat zoals een priester gedurende de consecratie de kelk neerzet op het altaar. Even stil en beheerst. Ik kniel niet voordat ik de havermout uit de kast neem, maar mijn bewegingen lijken op gebaren rond het tabernakel. Een houten lepel uit de lade opdiepen, roeren en suiker strooien, ik doe het aandachtig en secuur. De ritus helpt me om niet te schoppen, te slaan en te brullen. Eva is mijn kleine god.

Het slabbetje op de stoel is al even vies als de vaatdoek. Ik haal er eentje uit de kast en bind het haar voor, traag.

'Zet die muziek af. Eefje kan zo niet rustig slapen,' zeg ik.

'Voor Klaas was je anders niet zo bezorgd! Die mocht inslapen op acid-house muziek. Toen kon jij nog iets verdragen. Toen kon je nog lachen.'

'En hoe komt het dat ik niet meer kan lachen?' bijt ik terug.

'Kom maar eens rondkijken in deze smerige keuken! Moet ik hier altijd alles doen? Ik heb geen honger. Heb jij honger?'

'Jij kan eten in het ziekenhuis, als je dat wil. Maar ik word niet uitgenodigd door een klant. 'k Mag al blij zijn als ik een pint aangeboden krijg.'

Gelukkig zie ik Johan niet. Ik hoor alleen zijn stem tussen het ritmisch dreunen van de muziek. Alleen de lepel van Eefje tikt en krast op het bord, ze slurpt haar pap en smakt hoog en teder als aan mijn borst vroeger. Toen keek Johan nog, terwijl ik het kind voedde. Hij kon toen nog glimlachen en stonk nog niet naar bier. Ik dacht dat we elkaar aanvulden: hij, de bakker en ik, de huisvrouw. Hij, de vriendelijke, joviale, ijverige handelaar. Ik, de vrouw in de winkelzaak. Hij zei iedere keer weer dat ik mooi was. En dat hij daar trots op was.

'Ben je klaar, Eefje? We gaan slapen. Kom.'

Dat jouw hoofdje op mijn schouder ligt, maakt me week en rustig. Ik loop met je door de woonkamer.

'Slaap wel, Eefje,' zegt Johan. Zijn stem klinkt zacht. Zo klonk hij vroeger, als hij tegen me zei: 'Slaap wel, Kristien.'

Zijn hand op mijn borst. Ik sluit mijn ogen. Ik wil het glas bier niet zien.

'Welterusten, liefje. Geef me een zoen.'

'Wil je de keuken even opruimen, Johan? Ik heb nog zoveel werk. Ik moet vanavond nog strijken.'

Waarom krijg ik het nu ineens over mijn lippen? Ik kijk hem niet aan. Ik wil de radio niet horen. Ik ga de deur uit voordat hij kan antwoorden en stap traag de moeilijke, half gedraaide, scheve trap op. Hij beklemt me, zoals de kamers me beklemmen, en het miezerige tuintje, en de hele buurt. Alles even klein. Ik denk aan ons oude huis met de brede trap. Mijn trots van toen. Het heeft niet lang geduurd. Het is fout gegaan. Het is met mij altijd fout gegaan.

Eefjes hoofd weegt op mijn schouder. Ik leg haar in haar bedje. Ze valt direct in slaap. Met twee bedjes is de kamer barstensvol. Mijn hart bonst als ik het tweede bedje bekijk. Al bijna een jaar staat het leeg. De sprei beweegt niet. Alleen het hout van de vloer kraakt even. Ik huiver.

'Komt Klaas, mama?' Eefje kijkt nog even op.

'Stil, meisje. Slaap.' Ik streel haar oogjes toe. Ik doe de gordijnen dicht en blijf even staan. De zon gaat onder. De grijsblauwe gordijnen met schuine strepen geel, oranje, groen en paars fonkelen. Ik word opeens bang. Word niet angstig, Eefje. Droom jij maar over vallende sterren boven de zee.

's Avonds aan zee. De zon zakt dieper en dieper. De hemel wordt purper, paars. Een lange, dunne horizontale streep weerkaatst geel in de golven. De eerste ster staat plots stevig in de violette hemel. Ze fonkelt hard als gele diamant. Vlug valt de nacht. In de kinderkamer aan zee is de nacht vredig. De lucht smaakt er zout en het zeelicht weerkaatst groenachtig op het plafond. Vanuit mijn bed, naast het raam hoor ik eerst het gemurmel en dan het ruisen van het water dat altijd weerkomt, altijd opnieuw begint. Dat geluid wiegt mij.

Ik ga stil de trap af. Eefje mag niet wakker worden. Ik kijk niet naar de foto van Klaas tegen de muur. De deur van de woonkamer staat open. Het bierglas is weg. Het kan dus nog! De muziek klinkt gedempt. Ik schakel de radio uit. Geen reactie. Ik loop de keuken in. Johan staat voor het aanrecht. Hij heeft mijn gestreepte schort voorgebonden, zijn mouwen opgestroopt. Zijn handen en voorarmen zitten onder het schuim van het afwassop. Zijn donkere haartjes tekenen er slierten over, een beetje zoals zeewier op een plank die je bij eb uit de zee vist. Ik zie de spieren onder zijn huid bewegen en samentrekken. Hij is sterk. (Hij blijft powertrainen in de turnzaal en joggen in het bosje op de Zavelberg; nadien gaat hij naar een café.) Zoals in de eerste dagen dat ik hem leerde kennen, gaat er iets open in mijn borst, voel ik mijn lippen tintelen. Ik maak ze vochtig met mijn tong. Zijn rug en zijn hals met de kleine donkere krulletjes, zijn sterke schouders en dat hoofd onder een helm van haren ontroeren me zonder dat ik het wil.

Je nek is broos. Je haren golven als die van Klaasje. Zo zag ik je ook liggen op het stuur na het ongeval. Zo kwetsbaar, eindeloos kwetsbaar. Zo voelde ik je met mijn handen als je op me stilviel na het vrijen. Draai je niet om en zeg niets. Want dan zie ik je bakkebaarden en je baard stekelig hard, je dunne neus en je staalblauwe ogen die koud door me heen snijden. Blijf met je rug naar mij toegekeerd. Laat me nog even in de waan van vroeger. Die gestreepte strik in je lenden doet me glimlachen. Zou een vrolijke strik, een vlakke rug, een stevige schouderlijn en een jonge haardos genoeg zijn om mij alles te doen vergeten: het ongeval, de invalide Klaas, het faillissement van de bakkerij, de drank? Ik lijk ineens wel gek. Of de vermoeidheid slaat toe. Laat ik liever een handdoek nemen en afdrogen. En zwijgen. Aan zee denken.

Bij het vallen van de nacht zie ik de lichten van de vissersboten. Ze verdwijnen plotseling en komen even later op een ander punt te voorschijn. Zien ze het licht aan mijn raam? In maart zijn er weinig ramen verlicht. Kijken ze naar mijn groot, verlicht raam zoals ik naar hun kleine flikkerlichten tuur? Johan zou alleen het idee al flauwekul vinden.

'Als je dan zo graag naar zee gaat, kan ik misschien een weekendhuisje voor ons reserveren bij SunParks in Mol,' zegt Johan bijna vrolijk.

'Stik!' ontsnapt het me.

II

'Met Tele-Onthaal, goedenavond.'

'Goedenavond, mevrouw. Ik weet eigenlijk niet hoe te beginnen. Ik wilde bellen naar een vriendin. Haar telefoonnummer is veranderd. Ik wilde informeren bij de inlichtingen. Ik bladerde in het telefoonboek en ineens viel mijn oog op het nummer van Tele-Onthaal. Vroeger had ik al eens willen bellen. Omdat ik zo dikwijls alleen ben. Ik dacht: Maar wat heb ik eigenlijk te vertellen aan die vreemde mensen? Ik durfde niet goed. Maar deze keer dacht ik: Die vriendin belt me nooit ofte nimmer op. Ik moet altijd eerst bellen. Ze is dan wel vriendelijk. Maar 't is toch dat niet. En toen las ik, toevallig eigenlijk: *Levensmoeilijkheden. Praten is de eerste stap*. Waarom niet eens proberen?, dacht ik. En nu ben ik al bezig, ...'

'U zei dat u zo dikwijls alleen bent. Woont u misschien alleen?'

'Ik ben al zestien jaar weduwe. Als ik het mezelf hoor zeggen, kan ik bijna niet geloven dat het al zo lang is.'

'Woont u alleen sinds de dood van uw man?'

'Eerst waren mijn kinderen bij me. Maar mijn dochter heb ik vanaf haar elfde naar een internaat gestuurd, zo onmogelijk was ze. Mijn zoon is nog jaren bij mij gebleven. Maar je weet hoe dat gaat met jongens. Mijn huis was een hotel. Ik heb nog van andere mensen gehoord dat het met zonen dikwijls zo gaat.'

'U was dus jong weduwe, als ik het juist begrijp. Met nog twee kleine kinderen.'

'Ik was vijfendertig. Dat wil wat zeggen, zo jong weduwe zijn! Mijn zoon was elf, mijn dochter negen.'

'Het is zeker niet gemakkelijk geweest om heel alleen twee kinderen op te voeden.'

'Dat viel nog mee. Mijn zoon - mag ik Paul zeggen? Ik hoorde zeggen dat Tele-Onthaal anoniem werkt, maar de voornaam zeggen mag misschien toch wel.'

'Als dat voor u gemakkelijker is, mevrouw, kan dat.'

'Paul was geen probleem. Eten, drinken, slapen, op zijn kamer of de deur uit. Ik heb over hem nooit klachten gehad. Op school werkte hij goed. Later heeft hij mijn man opgevolgd in de zaak van bouwmaterialen. Maar mijn dochter - ik zal maar Kristien zeggen - was onmogelijk! Ze is het nog altijd. Daar is niets mee aan te vangen!'

'Kunt u een beetje uitleggen wat u bedoelt als u zegt dat ze onmogelijk is en dat er niets mee aan te vangen is? Uw dochter is intussen toch een jonge vrouw geworden?'

'Ja, ze is nu vijfentwintig. En getrouwd. Al zes jaar. Te jong getrouwd, natuurlijk. Maar ze heeft altijd haar zin gedaan. Naar mij luistert ze niet. Nu niet en vroeger niet. 't Is net of ik haar moeder niet ben. Ze kent me niet. Ze ziet me niet staan. Gisteren nog bijvoorbeeld, ik breng haar het koffieservies van mijn schoonmoeder. Magnifiek gebloemd porselein. Alles compleet. Niets gebroken, zelfs geen barstje erin. Ik was bezig met de grote schoonmaak en ik dacht: niemand komt nog bij mij op de koffie. Waarom zou ik dat servies van mijn schoonmoeder nog houden? En daarbij... Kristien was zo erg gesteld op haar bomma.'

'Nu zegt u wel veel ineens, Mevrouw. Om u goed te begrijpen, zou ik wel graag een woordje uitleg hebben. Wat bedoelt u als u spreekt over dat koffieservies en zegt dat uw dochter u niet ziet staan?'

'Ja, dat moest ik nog zeggen. Ze was niet thuis. Maar ze had toch later kunnen telefoneren om me te bedanken. Maar niks. Geen woord.'

'U hebt het servies toch kunnen bezorgen?'

'Ah ja, aan haar man. Die was thuis.'

'Bedankte hij u?'

'Ja, maar dat is toch niet hetzelfde, hè. Een schoonzoon. Dat is niet zoals je eigen kind. Met mijn schoonmoeder was dat ook zo. Ik voelde me nooit op mijn gemak bij haar. Zij bij mij ook niet. 't Was altijd: Theo van hier en Theo van daar. Theo was mijn man. Om mij gaf ze niet. Ik stond een beetje in de weg tussen haar en Theo. Maar Kristien was haar troetelkind, haar duifje. Paul zag ze ook bijna niet staan...'

'En uw dochter was ook erg gesteld op haar oma.'

'Ja. Mijn eigen moeder is jong gestorven. Ik was maar zeven jaar. Mijn oudste zus heeft me eigenlijk grootgebracht. Die heeft haar best gedaan, daar niet van.'

'Had u misschien verwacht dat uw schoonmoeder voor u als een moeder zou zijn?'

'O, nee! Dat kan toch niet. Ze is altijd tegen mij geweest. Ik was niet goed genoeg voor haar Theo. Ik moet ook zeggen dat mijn man aan de rokken van zijn moeder bleef hangen. Alle dagen, maar alle dagen, ging hij bij zijn moeder langs. En Kristien mee. Die bleef daar dan nog dikwijls slapen ook. Net of ze bijna bij mijn schoonmoeder woonde. En als ze dan toch nog eens thuis was, moest ik horen dat bomma altijd balletjes deed in de tomatensoep, dat haar vanillepudding beter was dan de mijne, dat bomma voor haar een mooi jurkje aan 't naaien was, dat ze met haar naar het kindertheater mocht. U kent dat: bij bomma was alles goed. Ik zou daar geen probleem van gemaakt hebben als mijn schoonmoeder zo was voor onze twee kinderen, maar neen. Paul werd niet aangehaald.'

'Uw twee kinderen zijn zo verschillend, zegt u. Zijn ze dat nu nog?'

'Ach, ja. Als je 't niet wist, zou je nooit geloven dat ze broer en zus zijn. Ze zijn wel alle twee groot en slank, dat wel. Maar Paul is blond en bleek - zoals in mijn familie -, een beetje naar de rosse kant, met sproeten en zo. Kristien is zwart en donker, zoals mijn man was. Helemaal zoals mijn man. Ze hebben wel blauwe ogen. De ogen van Paul zijn bleek met een beetje dofgrijs erbij. Als je naar hem kijkt, denk je dat hij niet luistert, wat niet waar is. Maar die van Kristien zijn donkerblauw en vol lichtjes. Als ze iets vertelt, gaan die lichtjes pinken. Soms denken de mensen dat ze daarvoor druppeltjes gebruikt, maar dat is niet zo. Toen ze een baby was zei de verpleegster van het 'Kinderwelzijn': "'t Is precies een sterrenhemel in de zomer." Maar gemakkelijk is ze niet. Nooit geweest. Mooi, dat wel. En ze weet het. Al doet ze net alsof ze het niet weet. Met haar kleren is dat ook zo. Ze kleedt zich eenvoudig. Maar daar zit wat achter. Ze is chic. 't Is een stuk pretentie, Kristien. Om te beginnen weet ze 't altijd beter dan ik. Altijd al. Paul niet. Paul is anders. Die doet nooit zo tegenover mij. Hij heeft nochtans meer en langer gestudeerd dan Kristien.'

'U zegt dat uw dochter pretentieus is en ik hoorde u ook het woord 'chic' gebruiken. Kan u misschien zeggen waaraan u dat merkt?'

'Dat is niet zo gemakkelijk, want ze is altijd zo, altijd. Maar ik zal proberen. Haar kleren bijvoorbeeld. Ze heeft er niet veel, maar ze zijn zo goed geknipt en genaaid en uit een stof die altijd duur is. Ik weet niet hoe ze aan de patronen komt, maar zoals zij draagt er nooit iemand een rok... of een jas... of een broek. Als ik dan eens met haar door de stad wandel - dat gebeurt zo misschien twee keer op een jaar -, kijken de mensen naar haar. Ze zal me nooit vragen wat ze zou kopen of waar. Ze weet het altijd. En als ik het met haar heb over kleren, of over mode, zegt ze: "Kies zelf maar, we hebben toch niet dezelfde smaak." Is dat nu geen pretentie?

Om u te zeggen: ze woont nu in een woonwijk. Haar man was gerant in een bakkerij en een patisserie, maar de zaak ging failliet. In die woonwijk is haar huis anders dan de andere. Eenvoudiger. Geen gordijnen met kanten strook, geen zware meubels in eikenhout, maar lichte, in kleur en gelakt. De verlichting is bij haar zoals in een winkel, klaar en hard. Geen schemerlampen, geen lampenkappen. Er hangt bijna niets aan de muur. Weet je wat ze zegt? 'Als ik geen geld heb om een goed schilderij op te hangen, laat ik mijn muren liever kaal.' Alleen een schilderijtje met een zeezicht hangt aan haar muur. Zoiets blauw en grijs met een streep waar de zee eindigt. Het hing vroeger bij mijn schoonmoeder. Kristien wilde het absoluut hebben. Er staat geen mens op en geen beetje zon. Van mij mag ze het hebben. Mooi is het niet. Bij haar is er ook niets gezelligs. Nooit geweest. Ook niet toen ze nog in hun eigen huis woonden. Vóór het faillissement van Johan. Johan is haar man. Gezellig, daar lacht ze mee. Als ik haar vertel, dat ik ergens op bezoek was, zegt ze spottend: ' 't Was daar zeker gezellig?' Het speelgoed van de kinderen laat ze overal op de grond slingeren. Je struikelt erover. 'De kinderen wonen hier toch,' zegt ze. De kinderen, dat is eigenlijk niet meer juist. Want haar oudste ligt al maanden in 't ziekenhuis. Dat is erg genoeg.'

'Is dat kind ziek?'

'Erger. Het is gehandicapt gebleven na een auto-ongeval. Eerst een faillissement en dan dat. Kristien heeft al wat meegemaakt. Soms denk ik dat ze er niets aan kan doen, dat ze nu zo'n slecht karakter heeft. Maar 't was vroeger niet beter.

Lachen doen ze niet veel in dat huishouden. Ik hoef bij hen niet op bezoek te gaan voor 't plezier.'

'Ik hoor van u dat uw dochter het moeilijk heeft en u heeft ook heel wat meegemaakt. Begrijpt u haar daardoor niet een beetje beter?'

'Ze laat zich niet begrijpen. Ze zegt niets. Of ze zegt alleen scherpe dingen. Na het faillissement zei ze me: "Had je het anders verwacht?" En over Klaasje, mijn kleinkind in 't ziekenhuis, heb ik haar al horen zeggen: "Hij had het beter niet overleefd." Wie zegt zoiets van zijn eigen kind? En als ik niet naar hem vraag, zegt ze niets. Niets.'

'Is uw dochter altijd zo gesloten geweest?'

''t Is gek om het te zeggen maar als baby huilde en krijste ze bijna dag en nacht. Alleen in het bad zweeg ze. Als ze eruit moest, zette ze opnieuw een keel open! Babbelen deed ze vroeg. En ze kon ook blij zijn. Vooral als haar papa thuiskwam.'

'Was uw man dikwijls weg?'

'Ja ... je weet hoe dat gaat met een zakenman. Mijn man verkocht bouwmaterialen en was een aannemer. Samen met zijn broer hadden ze een bedrijf opgericht. De zaak draaide goed. Veel werk. Werven controleren, klanten bezoeken, met werklieden overleggen. Dat wil zeggen: dikwijls weg en dikwijls laat. Ik heb dat nooit erg gevonden. Ik had mijn familie en mijn vriendinnen. In 't begin werkte ik mee. Maar ik kon dat niet blijven doen. Ik kon al die nieuwe dingen niet volgen en mijn man nam bedienden. Ik heb me toen met de zaak niet meer bemoeid. Theo was wel veel weg, ja. Paul trok zich dat niet aan. Maar Kristien wel. Theo nam haar dikwijls mee. En als ze bij hem niet kon blijven omdat ze hem voor de voeten liep, bracht hij haar naar zijn moeder. Dat heb ik u al gezegd. Zo is ze van mij vervreemd en zwijgzaam geworden.'

'Veranderde dat dan niet toen uw man stierf?'

'Eerst is mijn schoonmoeder gestorven. Ook plots, zoals mijn man. Mijn man heeft haar dood gevonden. Ze lag in de keuken op de grond. Tegen de deur. Hij kon de deur niet openkrijgen. Gelukkig had hij Kristien bij de secretaresse achtergelaten. De kantoren en het magazijn lagen naast het huis van mijn schoonmoeder. Ze zijn er nu nog. Maar mijn schoonbroer heeft de gebouwen in eigendom gekregen: dat is ook een hele geschiedenis waarover ik zou kunnen vertellen! Maar Paul werkt er nog en daarmee leert een mens zwijgen. Mijn schoonvader was een kolenhandelaar. Toen hij stierf, ging de kolenhandel niet meer zo goed. Iedereen wilde centrale verwarming met stookolie: geen werk en geen stof! Theo en zijn broer hebben ingezien dat er geen toekomst meer was in de kolen, maar dat de bouwsector interessant was. De loodsen en de pakhuizen en de kantoren konden ze goed gebruiken. En hun moeder vond het goed. Wel ja, ... ze lag dood in de keuken, zoals ik zei. Theo heeft hard moeten duwen om haar opzij te schuiven. Volgens de dokter was ze zeker al van de vorige avond dood. En het is zeker zo, want er lag ook een plas melk en een kapotte kroes op de grond: mijn schoonmoeder had de gewoonte 's avonds warme melk met een lepel honing te drinken. De meid vertelde me dat de vloer plakte toen ze de keuken dweilde nadat het lijk weggehaald was.'

'U had het over de zwijgzaamheid van uw dochter. Bedoelt u dat ze als kind erg onder de indruk was van de dood van haar oma?'

'O ja, 't valt een beetje te begrijpen. 't Kind hield niet op met huilen. Niet zo hard, maar onophoudelijk. 't Was vakantie en we zouden een week later vertrekken naar de zee, met bomma. Iedere grote vakantie gingen we. Bomma had een appartement in Oostduinkerke. Na haar dood heeft mijn man het geërfd en nu is het van mij. Naar zee gaan was een feest voor de kinderen. Vooral voor Kristien. Daar was ze een ander kind. Niet dat ze altijd rond bomma hing, maar ik zag wel dat bomma voor haar altijd daar was.'

'Was ze vrolijker dan anders? En hoe was dat verschil voor u?'

'Ze was eigenlijk nog klein toen mijn schoonmoeder stierf. Een jaar of zes, zeven. Ja, zoiets. Ze had het eerste leerjaar af. En Paul, het derde. Ik weet het nog zo goed omdat het het begin van de grote vakantie was. Maar ze kon nog niet lopen, toen we al iedere grote vakantie naar zee gingen! Hoe een klein kind zo kan veranderen! Ze zeurde niet, ze was altijd aan het spelen. Met Paul, of alleen. 't Was net of bomma en haar appartement en de dijk en 't strand en de zee dat mogelijk maakten. Ik telde niet. Ik hoorde er voor haar niet bij. Paul kwam me zijn schelpen tonen. Kristien stapte naar bomma. Paul begroef mijn voeten in 't zand. Kristien die van bomma. Als we petanque speelden, koos Kristien altijd bomma uit. U kent dat wel. In alles en voor alles was het "bomma". Paul lachte erom. Ik vond het soms vervelend. Maar bomma vond het fijn!'

'En u zei me bij het begin van ons gesprek dat u met uw schoonmoeder niet goed kon opschieten? Hoe ging het dan als u samen met vakantie was? Was uw man er toen bij misschien?'

'Mijn man kwam in 't weekend en soms eens een kleine week, als het kon op het werk. Want ook als de werklieden vakantie kregen, had hij nog van alles te doen. Dan kon hij "rustig" ordenen en plannen. Maar ik vond het niet moeilijk met mijn schoonmoeder. Ze liet me alles beslissen, als ze maar kon genieten van de kinderen, en vooral van Kristien. Mijn schoonzus, de vrouw van mijn schoonbroer, kwam ook iedere vakantie met haar kinderen. Niet zolang als wij, maar toch een week of twee, drie. Dat was een gezellige hoop! Dan gingen we wandelen op de dijk of gingen we naar de markt in Veurne... en ook eens naar Nieuwpoort of naar Oostende. Want in Oostduinkerke zelf is niets te zien. Dat is een verloren gat. De kinderen speelden als zotten en bomma zorgde voor hen. Al werd Kristien wel eens uitgelachen omdat ze zo flauw deed met haar bomma. Kristien verdroeg het, zolang bomma er was. Maar als ze weg was: altijd tranen. Van die dikke, stille tranen. U kunt denken wat het was bij haar dood, en nadien in de kerk. Theo wilde dat de kinderen meegingen naar de begrafenis. Ik had het liever niet, maar ging niet tegen zijn wil in, hoe gaat dat ... Wel, in de kerk keek iedereen vol medelijden naar dat kleine meisje dat maar bleef wenen. Niemand had zoiets gezien. Ik was gegeneerd. Ze zat natuurlijk naast Theo. Ook weer zoiets! Het was haar plaats niet. Zij alleen aan de kant van de mannen. Tussen Theo en mijn schoonbroer. Theo liet alles toe. En Paul, die zat natuurlijk op de tweede rij, de rij van de kleinkinderen.'

'Ik hoor dat u het erg vindt wanneer de dingen niet verlopen volgens de gebruiken. Hebt u dat thuis geleerd?'

'Jazeker. We waren thuis zogezegd van een lagere klasse dan Theo. Maar we wisten goed hoe het allemaal moest met de beleefdheid en de wellevendheid en zo. Mijn oudste zus heeft "gediend" in Brussel, bij een notaris. Toen mijn moeder stierf, bleef mijn zus thuis. Wie kon er anders zorgen voor de vier andere kinderen van mijn vader? Ze leerde ons alle goede manieren die ze in Brussel gezien had. 't Is van haar dat ik weet in welke volgorde en waar de familieleden moeten zitten bij een begrafenisdienst, hoe je een trouwstoet opstelt en dat de vader de bruid naar het altaar brengt.'

'Excuseer dat ik u onderbreek, mevrouw, maar we hadden het over de sympathie tussen uw dochter en haar bomma. Hoe verliep dat dan na de dood van uw schoonmoeder? Het was een zwaar verlies voor het kind. En waarschijnlijk ook voor uw man. Werd u erbij betrokken?'

'Mijn man? Dat weet ik niet zo goed. Het ging al jaren niet meer zo - hoe zou ik het zeggen - zo intiem tussen ons. We hadden niets te kort, daar niet van. Theo was een werker. Hij bracht altijd genoeg geld naar huis. Hij kwam ook dikwijls thuis eten en slapen, maar dan op alle mogelijke uren van de dag. En dan was het altijd eerst: Kristien! Ging het een beetje? Was ze nog zo triest? Speelde ze al weer? En wat zei de juffrouw op school? Een hele resem vragen. Paul en ik kregen slechts een paar woorden. Vriendelijk, dat wel. We maakten geen ruzie, daar was ook geen reden voor. Ik kookte goed. Mijn huishouden was perfect in orde. En ik wist me te gedragen!'

'Bedoelt u dat u zo'n beetje naast elkaar leefde?'

'Ja, zoiets. Maar op recepties en feesten waren we altijd samen. Bij mijn familie ging ik wel alleen op bezoek. Maar Theo had met niemand ruzie. Ik eigenlijk ook niet.'

'U zei dat uw man ook plots gestorven is?'

'Precies geteld twee jaar na zijn moeder. In de grote vakantie. De kinderen en ik waren aan zee, zonder bomma natuurlijk. Kristien was daar niet zo gelukkig maar toch waren er al minder tranen. Met Paul en de andere nichtjes en neefjes bouwde ze dagenlang zandkastelen vol torens, tunnels en wenteltrappen. Als de zee hun kasteel bedreigde, stond Kristien te trillen van angst. En 's avonds zat ze stilletjes in 't zand gehurkt, de knieën opgetrokken en de armen eromheen geslagen. Ze kon dan uren naar de zee kijken. Soms maakte ze tekeningen met haar voeten. Gek voor zo'n jong kind. Maar ik liet haar maar doen. Ze aten en zwommen goed.'

‘En hebt u aan zee vernomen dat uw man gestorven was?’

‘Ja. Dat was me wat! Er kwam een telegram. Ik was in het appartement aan het koken. “Theo ziek. Overkomst dringend gewenst,” stond erin. Ik wist dat het ernstig was, want als Theo ziek was - dat gebeurde niet dikwijls - had hij me nooit nodig. Dus was ’t nu erg. Mijn schoonzus bracht me naar Oostende, waar ik de trein nam. De kinderen bleven bij haar. Ik geloof zelfs dat we ze hadden laten spelen op het strand. Ik zei hen dat ik even naar Halle moest. Ze trokken er zich niet veel van aan, blij dat hun spel niet gestoord werd. Die reis duurde en duurde. Ik heb zeker honderd keer op mijn horloge gekeken. Ik wist niet waar ik naartoe moest: naar huis of naar de magazijnen? Ik ging naar huis. Ik schrok want de rolluiken waren naar beneden. Maar misschien kwam dat door ons vertrek? Theo was toch weinig thuis. Ik draaide de sleutel in het slot. Bij mijn eerste stap in de gang, wist ik het al. Theo was dood. Er hing daar een speciale stilte. Ik kan niet uitleggen wat dat is. Zoiets dat op je valt. Dat is niet hetzelfde als thuiskomen in een leeg huis. Een lijk in huis, dat voel je. Ik stond daar in een gebloemde zomerjurk en in sandalen. Het was net een vloek. Ik voelde me verloren. Mijn schoonbroer kwam van de trap. Het stond op zijn gezicht te lezen: Theo was dood. Hij zei niets. Ik ook niet. Ik ging de trap op. Theo lag al opgebaard in onze slaapkamer. Hij zag een beetje blauw en zijn vingernagels waren bijna zwart. Ik weet niet meer wat ik dan gedaan heb, maar ik ben geschrokken van mijn eigen geschreeuw. Toen ik een beetje bekomen was, heeft mijn schoonbroer me verteld dat hij ongerust geworden was omdat Theo niet was komen werken. Hij is komen aankloppen. Zonder resultaat. Als we naar zee waren, had hij altijd een dubbel van onze huissleutel. Theo lag in de badkamer. In zijn pyjama. Eén arm stak in de mouw van zijn kamerjas. Hij was opgestaan omdat hij zich niet goed voelde. “Hartstilstand,” had de dokter gezegd.

Gelukkig had ik direct veel om handen: me omkleden, alles regelen met de begrafenisondernemer, het drukwerk nakijken, bezoek ontvangen, de naaister verwittigen, zorgen voor de begrafenismaaltijd, familie en vrienden vragen om adressen te schrijven. Ik zou bijna de kinderen vergeten zijn! Gelukkig is mijn schoonbroer ze gaan halen. Daar zat ik dan: vijfendertig jaar en weduwe met twee kinderen, een van elf en een van negen! Ik wist niet aan wat ik eerst moest denken! Toen de kinderen thuiskwamen, wist ik het wel! Paul was stil. Maar Kristien: jammeren dat die deed! Ze was niet te kalmeren en zeker niet te troosten... Och God, och God... Als ik er nu aan denk, word ik er nog koud van. Ik kan er bijna niet meer van spreken.'

'Willen we ons gesprek hier afsluiten, mevrouw? 't Is misschien wat veel ineens geweest, al die herinneringen. U kunt later nog terugbellen.'

'Ik voel me wel opgelucht. Ik denk dat ik nog eens terugbel. Dank u wel.'

III

'Wie komt me vanavond halen, mama?'

'Ik. Ik zal vroeger bij Klaasje vertrekken.'

Eefje loopt al buiten op het erf, recht op het konijnenhok af. Jef geeft eten aan de konijnen: gekookte aardappelschillen bestrooid met zemelen. Ik ruik de konijnenpis gemengd met de flauwe geur van de grijze schillen en de zilverachtige bruine vliesjes. Ik voel dat ik ga overgeven.

'Je ziet zo bleek, Kristien. 't Zijn vermoeiende dagen. Mag hij nog altijd niet naar huis komen?'

'Neen, Lies. 't Zal niet meer veranderen. Kon hij maar stilletjes sterven...'

'Zeg toch zoiets niet. Tegenwoordig kunnen ze veel. Die kleine van de zuster van Jef hebben ze verleden week geopereerd. Een schedelbreuk. Hij is er door nu. Je ziet, hé.'

'Voor Klaas is er geen hoop meer. Alleen kan 't zó nog lang duren. Ik moet voortmaken, Lies, tot vanavond.' Ik strompel en doe net alsof ik struikel over die stronk rond de zandbak. Kan het dat ik zwanger ben? Ik hoor Eva babbelen met Jef. Ze wuift me niet na. Alleen de konijnen tellen nog. Straks gaat ze mee de kippen voeren en de eenden en de parelhoenen. Ze weet al meer van klein- en pluimvee af dan ik. De hele dag zal ze buiten bezig zijn. Ik ben blij dat ze in dit onthaalgezin terechtgekomen is, al ruikt ze 's avonds naar de dieren.

Boven op mijn wagen liggen witte en roze blaadjes van appelbloesem. 't Is al mei. Ik was het een beetje vergeten. In het ziekenhuis zijn er geen seizoenen. Alleen in de kapel rook het gisteren naar seringen. Vroeger gaf me dat vreugde. Nu niet meer. De geur ervan deed me walgen. Ik rij de eenzame landweg af en kom op de grote weg terecht. Op de hoek staat een linde. Ik rem en kijk even naar de boom. Hij is al helemaal groen. Ik had er niet eerder op gelet. Aan zijn voet groeien jonge loten. Ik word draaierig. Van het zalige lenteweer? Kan het?

De angst om Klaas vreet aan me. Ik denk nog alleen: wat zullen we straks eten? Wanneer zal ik wassen? En strijken? En schoonmaken? Ik mag de overschrijving voor het ziekenhuis niet vergeten. En voor de elektriciteit. Ik heb een rooster van werkzaamheden in mijn hoofd, maar er staat steeds dezelfde naam op ingevuld. Als ik er zeker van kon zijn dat Johan het deed. 'Je hoeft het hem maar te vragen,' zegt de verpleegster van Klaas. 'Of je doet sommige dingen eens niet. Gewoon niet doen. Misschien gaat je man dan even nadenken over het werk en over de huishouding. Misschien neemt hij dan ook taken op zich en wordt het voor jou gemakkelijker.'

De mensen hebben makkelijk praten, Johan denkt er gewoon niet over na. Hij kent maar één remedie: drinken, roepen en schreeuwen. En toch, als alles netjes en ordelijk is, als alle rekeningen betaald zijn, dan lacht hij en is hij lief en zacht. Dan drinkt hij zelfs minder. Hij kan mijn lichaam strelen en liefkozen, me extatisch meevoeren door zijn kussen, in de adem van zijn borst die op en neer gaat, in het gesidder van zijn buik, in de beweging van zijn handen en in de gang van zijn lange benen. Dat weet de verpleegster niet, dat kan ik haar niet zeggen! Hij neemt me mee en gaat met mij ver, zeer ver. Zij kent Johan niet. Soms stel ik me voor hoe haar man is: niet mooi, maar degelijk. Ja, degelijk, goed en betrouwbaar, stipt en eenvoudig, 'uit het goede hout gesneden'. Wou ik dat Johan zo was?

'De vrouw maakt de man,' zegt moeder. 'Het is je werk, Kristien. Je weet toch wel dat ik dat ook allemaal deed. En wie zou het anders gedaan hebben na de dood van je vader? Als je je werk goed verdeelt is dat toch niet zoveel, zeker. Laat die kinderen ook eens onafhankelijker worden. Klaas, dat is natuurlijk wat anders! Maar Eva, verwen dat kind niet zo. Je bent er veel te veel mee bezig.'

Goede raad. Wat is goede raad? Waarom kan ik niet doen wat mijn moeder zegt, wat de wijze verpleegster zegt? Een ding is zeker: ik weet niet meer waar ik moet beginnen.

Ik verlang naar de zee. De zee in mei. Met grijze, groene, roze tinten. Niet onstuimig. Ook niet loom. Kalm, sereen, als een vrouw 's zomers in de zekerheid van haar geluk. In de zomer in de duinen van Oostduinkerke. Ik zit in een warme duinpan naast Paul die zijn vlieger oplaat. Ik mag het touw vasthouden. Paul helpt me, want ik ben niet sterk genoeg. We kijken samen omhoog naar de rood met gele draak. Paul geeft korte en krach-

tige rukjes aan de draad en de staart met witte papiertjes als vlinders, zigzagt door de effen blauwe lucht. Boven de kim van het duin verschijnt plots het witte hoofd van bomma, dan haar wit met blauw gestreepte jurk boven haar blote benen en voeten in het zand. Ik los het touw en loop naar haar toe. De draak achter mij duikt recht naar beneden met zijn neus in het zand.

'Stommerik!' hoor ik Paul roepen achter mij.

Bijna zonder benzine. Johan heeft gisteren mijn wagen gebruikt. Natuurlijk heeft hij er niet aan gedacht om te tanken. Ik rijd de weg naar het benzinestation op. De geur van olie doet me kokhalzen. Ben ik toch zwanger? Ik ben over tijd. Maar dat is vaker gebeurd. Voor het kantoortje van het pompstation pronken versgeplante geraniums in bakken. Zijn ze wel echt? Ik voel even aan hun blad: groenfluweel. En er liggen rode hartjes van kroonblaadjes rond. Ook hier is het lente. Hoe komt het dat ik het voortdurend vergeet?

Ik neem een tissue uit de metalen houder naast de pomp voordat ik de handgreep vat. Johan lacht me uit als hij dat ziet. 'Bang om je mooie handjes vuil te maken?' Hij kwetst me vaak met zijn spot. Was het vroeger ook zo? Misschien doe ik hetzelfde met hem. Mijn moeder zegt dat ik iedereen voor de gek hou. Is dat zo? Ik hoor het getik van de pomp. Op nog geen vijf meter ervandaan staat een hoge, grijze muur van gestapelde gasflessen. Ben ik er zo aan gewend geraakt dat ik die vandaag pas echt zie? Is het niet gevaarlijk op deze plaats butaan op te slaan? Ik heb hier zo dikwijls getankt, terwijl Eva in de wagen bleef. Als die muur instort, ontploft hij zeker. En wij mee. In de lucht geslingerd worden! Misschien één seconde van afschuwelijke pijn. Misschien zelfs niet. Een knal en gedaan. Met de benzinetank kan hetzelfde gebeuren. Een lucifer aan de uitlaat van het handvat dat ik vasthou en een steekvlam vernietigt iedereen: mij, die man in zijn roze overhemd, die hoogzwangere vrouw in blauwe overall en het kind in haar buik, de garagehouder achter zijn toog. Alles opgeblazen: de pompen, het gebouw met zijn blinkende prullen, de grote glimmende luifel ... en de geraniums! En wat na de vernietiging? Voor mij was het misschien een oplossing, een bevrijding: geen wanhoop meer. Voor Eefje, neen, voor

Eefje niet. Eefje geniet nu van het mooie weer en van al wat nieuw is in de lente. Alhoewel... Eefje wordt Eva. Ieder mens huilt een leven lang. Eva ook. Misschien heeft die man geen verdriet en die zwangere vrouw ziet er blij uit. De garagehouder fluit misschien een deuntje of hij gekscheert met de vrouw die komt afrekenen. Ik zou hun niet durven zeggen wat ik denk: mijn dood zou een opluchting zijn voor Johan. Ik ben er zeker van. En voor mij? Gedaan. Helemaal gedaan. Niets meer. Verdwenen. Bedolven. Misschien alleen een beetje as. Die grijze muur bedreigt me. Ik zie hem wankelen. Grijs voor mijn ogen. Bijna zwart. Ik zoek steun op het kofferdeksel. De veer van het handvat springt met een droog gekets omhoog. De teller rolt niet meer. Toch blijf ik nog staan. De pompen tollen en slingeren met kronkelende slangen. Ik zie me schuin en klein in de ronde klikspiegel aan de vlaggen van het station. Waarom worden tankstations bevlagd? Ik leun tegen de schokdemper en sluit mijn ogen. Een warme tinteling vloeit snel door heel mijn lichaam. In de verte klinkt een stem. Ze komt dichterbij. Voorzichtig open ik weer mijn ogen. Voor mij staat de zwangere vrouw. Ik herken de overall. Ze vraagt:

'Voelt u zich niet goed? U ziet zo bleek'.

Ik hoor mezelf antwoorden: 'Het gaat wel. Dank u. Ik denk dat ik even bedwelmd was door de benzinegassen.'

De vrouw stapt naar haar auto. Ik sta recht. De duizeling is weg. Ik haal het handvat uit de opening van het reservoir. Er vallen druppels op mijn blote voeten in mijn sandalen. Ze verdampen meteen. Als ik de kraan in de gleuf van de pomp klik, doen mijn oren pijn. Ik sidder van het geluid van metaal op metaal. Ik moet hier vlug weg. Door het raam kijkt de pomphouder naar mij. Met bewegingen van zijn handen vraagt hij of hij moet helpen. Het gaat wel. Ik schroef de dop dicht, klap het dekseltje toe en ga in het kantoortje betalen. Mijn stap is weer vast.

'Sommige mensen verdragen de geur van brandstoffen niet. Ik zag dat u onwel werd,' zegt hij. Ik kan hem toch moeilijk antwoorden dat ik misschien zwanger ben. Dus ontwijk ik:

''t Is voorbij. 'k Had vanmorgen meer moeten eten.'

'Ja. Niks zo goed als een stevig ontbijt. Maar je moet er de tijd voor nemen. Voor mij is dat geen probleem: ik hoef de weg niet op.' Ik glimlach even, maar antwoord niet. Ik scharrel het wisselgeld, de zegeltjes en het rekeningstrookje bijeen en duw alles snel in mijn tas. Ik rij meteen door naar het ziekenhuis. Ik ben later dan anders. Klaas zal niet ongerust zijn. Dat kan nu niet meer. Of toch... Zou hij mijn aanwezigheid nog voelen? Toen ik het de laatste keer aan de chirurg vroeg, haalde hij de schouders op en zijn wenkbrauwen gingen naar omhoog. Hij zei: 'Luc legt het u wel uit,' gaf mij een handdruk die iets wilde zeggen, maar ik wist niet wat, en stapte de deur uit. Luc - in witte schort - ging hem achterna. Hij hield de deur even open en zei: 'Ik kom straks terug.' Aan Luc denk ik graag. Hij moet even oud zijn als Johan. Eens raakte hij mijn arm aan. Die onschuldige prikkel beroerde me toen zodanig dat ik het nu nog weet en nog voel. Luc legde niets uit, maar hij vroeg wat ik meemaakte, hoe ik die uitzichtloze toestand kon verdragen.

Ik rij zo langzaam vandaag. Elke wagen haalt me in. Ben ik verstrooid? Ik passeer de knalgele brem op de berm, de zilveren, fluwelige wilgenkatjes die beschenen worden door de zon, de kerktorens in de verte. Nu zie ik die dingen pas. Ik rij al jaren door een mooi landschap. Glooiend en zacht, maar ik merk het niet meer. Ik zie alleen nog Klaas die op de weg ligt met gespreide armen en benen, door de voorruit geslingerd. Als ik rij, ligt hij een paar meter vóór mijn wielen en ik wil remmen en ik gil! Het heeft maanden geduurd voor ik dat beeld kwijt was. Keert dat schrikwekkend visioen op de weg terug? Ben ik weer in een abnormale geestestoestand? Of ben ik dan toch zwanger? Het kan. Ik heb de pil langer dan een week laten liggen. Waarom? Het kon me niet meer schelen. Niets raakte me nog. Johan vroeg er niet naar. Hij maakt zich daar niet druk over. Na de geboorte van Eefje had hij terloops aangeraden: 'Je neemt toch de pil, zeker?' Voor hem was de kous daarmee af. Wilde ik hem bedriegen door die pil niet te slikken? Of gewoon controleren of hij met mij begaan was? Hij genoot van mijn passief meegaan in het vrijen. Hij was verbaasd omdat ik zijn hand niet wegstootte of hem niet slaperig de rug toekeerde. Ik wilde vergaan, bedolven worden, verdwijnen, me verliezen. Johan vrolijkte op. Pas daarna besefte ik dat ik zwanger kon worden. Zwanger? Met een doodziek kind, een dochtertje dat ik een beetje verwaarloos, een man die te veel drinkt en een portemonnee die meestal leeg is! Ik nam opnieuw de pil. Dwaas die ik geweest was. En dan. En waarvoor?

In Leuven wil ik eerst een apotheek zoeken, voor ik verder naar het ziekenhuis rijd. Ik wil zekerheid. Ik haal een zwangerschapstest. Klaas beseft toch niet dat ik later ben. Zou hij het merken als ik nooit meer kwam?

Ik rij de stad in. Het is er rustig. De morgendrukte is voorbij en de winkels gaan net open. Bij de eerste apotheek stop ik. De typische geur van medicijnen maakt me weer even misselijk. Ik krijg de tijd niet om op dat gevoel in te gaan, want de apotheker wacht. Hij is tenger en ziet er ziekelijk uit. Ziek van geneesmiddelen te bereiden? Ik groet niet.

'Een zwangerschapstest, alstublieft.'

'Voor thuisgebruik?'

Ik knik en denk: voor waar anders? Gekke vraag. De apotheker draait op zachte voeten naar zijn rek en komt met twee verschillende doosjes terug. Hij gaat heel stil praten, want er is een jongeman na mij binnengekomen. Ik word verondersteld te kiezen tussen de twee dozen.

'Wat is de gemakkelijkste test in het gebruik? Is dat ook de zekerste?'

'Geen moeite. Geen twijfel. Geen tijdverlies,' leest de apotheker van de bijsluiter af. 'Elke verpakking bevat twee volledige tests,' voegt hij eraan toe. 'U kunt de test na drie dagen overdoen. Uit één stuk en in één stap uit te voeren. De uitvoering van de andere test is veel te omslachtig. En daarom minder betrouwbaar.'

Ik wil hier buiten. Zo vlug mogelijk. Ik betaal, wacht niet op een verpakking. De apotheker kijkt me na voor hij de volgende klant aanspreekt. Ik gooi de doos op de autostoel naast me en start. Op het toilet bij Klaas zal ik de test uitvoeren. Eerst en vooral. Kan ik nog zo lang wachten? Misschien staat de verpleegster klaar om hem naar een of ander onderzoek te brengen en kan ik best meegaan. Misschien wordt hij uit zijn rolstoel getild om verschoond te worden en kan ik - al bij het binnenkomen - helpen: vieze luiers wegwerpen en bevuild linnen ver-

versen. Misschien moet ik zijn hoofd met zachte dwang tegen mijn borst drukken terwijl de dokter met een koude stethoscoop zijn hart en zijn longen controleert. Misschien laat hij me geen secondje los met zijn blik en durf ik de kamer niet meer uit. Ik kan dus beter hier ergens naar binnen gaan. Niet in een café. Ik verdraag de geur van bier niet. De waard zal me nakijken als ik het toilet opzoek en denken dat ik wel lang weg blijf. Ik verdraag die blik niet. Ik weet het. In een patisserie dan? De zoete weeë geur van de gebakjes 's morgens maakt me misselijk en akelig. Zeker nu. Ik moet het weten. Ik zoek een snackbar. De hartige geuren van slaatjes en vleesspiesjes verdraag ik beter. Kan ik om halfelf 's morgens een gehaktbal vragen? Ik zal een broodje, een broodje met ham vragen. En een kop thee. Ik krijg wel trek. Waarom zou ik geen snackbar zoeken? Klaasje weet niet dat ik te laat kom. Hij weet niet meer hoe de tijd verloopt. Hij herkent me niet meer.

Behalve één man achter een opengevouwen krant zit er niemand in de eetzaal. Ik ga met mijn rug naar hem toe zitten en kijk uit op een druk pleintje in de stad. De dienster staat naast mij voor ik de kaart kan inkijken. Haar wit schortje zit aan haar zwarte jurk vast met twee veiligheidsspelden. Het is kraaknet gesteven. Ik sla de donkerrode plastieken kaft niet open, maar vraag direct mijn broodje en thee. De dienster verdwijnt. Ik neem mijn handtas en stap naar de toiletten. Het ruikt er scherp naar mannelijke urine. Ik walg. Ga het toilet binnen. De witte houder van het instrumentje doet denken aan een koortsthermometer. Even hygiënisch en betrouwbaar. Als ik de dop eraf neem, beeft mijn hand als die van een puber die, na een eerste vrijage, bang is zwanger te zijn. De eerste, hevige urinestraal komt op de tip uit de houder terecht. Heel vlug wordt de urine geäbsorbeerd. Ik trek de houder terug en terwijl ik er de dop weer opsteek, plas ik verder. Ik sluit even mijn ogen. Drie minuten staat op de gebruiksaanwijzing. Drie lange minuten blijf ik zitten. Ik durf het grootste venstertje op het toestelletje niet bekijken. Ik ben zo bang dat ik de stank in de ruimte niet meer ruik.

Plots klinkt er muziek uit een luidspreker, een populair cafédeuntje. Ik hoor iemand neuriën. Ik open de ogen. In het grote plastieken venster van de houder staat een verticale blauwe lijn heel duidelijk afgetekend. Dezelfde lijn in het kleine venster bekijk ik maar even. De test is afgelopen en heeft gewerkt. Ik ben zwanger. Het bleekblauwe doosje in mijn handtas lijkt op een doosje suikerbonen. Op de bijsluiter staat een witte bloem die twee kroonblaadjes verliest. Welk idee zit er achter? Ik trek de toiletdeur achter mij dicht. Een toiletjuffrouw groet me terwijl ze blijft neuriën. Ik groet vaag terug. Terwijl ik mijn handen grondig was en afdroog aan een nette handdoek - ik ben de eerste klant -, bekijk ik de vrouw in de spiegel. Zij gluurt schuin naar mij. Ze is oud, maar erg opgemaakt met te veel rouge op de wangen, hevig blauwe oogschaduw en geblondeerd haar dat aan de wortel vaal grijs groeit. Ze neuriet voort terwijl ze de bril van het toilet schoonveegt en nog eens doorspoelt (wat ik zelf al deed). Op haar tafeltje met een grauwe geldbus ligt een beduimeld pocket met versleten randen. Ik kan niet zien wat ze leest. Hoe kan die vrouw uren in deze urinelucht blijven? Ik open mijn handtas om er zeven frank uit te halen. Het doosje van de zwangerschapstest valt op de grond. De vrouw houdt op met neuriën, bukt zich even snel als ik, maar ik kan het vóór haar oprapen. Ik voel me blozen. Glimlachend kijkt ze me aan en wenst me goeiedag. Ik vlucht naar de eetkamer. Weer denk ik aan de reacties van een puber. Die toiletjuffrouw heeft toch met die zwangerschapstest niets te maken. Waarom ben ik zo overstuur?

Op het tafeltje staan mijn thee en mijn broodje netjes op een schoteltje met een blauw servet. Hetzelfde blauw als de doos die ik in mijn handtas heb. Ik heb geen trek meer, maar toch ga ik even zitten. Een tweede dienster zet op elke tafel een klein blauw vaasje met drie twijgjes witte meiklokjes en een groot, stevig groen blad. Als ze het vaasje bij mij neerzet, steek ik mijn neus tegen de bloempjes om de urinegeur die is blijven hangen te verdrijven.

'Lente, hé,' zegt de dienster.

Ik knik. Mijn bord en mijn kop blijven onaangeroerd. Ik ben dus zwanger. Wat nu? In al dat blauw ben ik zwanger. En als ik naar buiten kijk, is ook de lucht blauw boven het pleintje. Zo blauw als de zeelucht in mei.

In mei zijn er mooie schelpen te rapen op het strand: ze zijn dan nog niet vertrapt. 's Morgens, heel vroeg, gaan Paul en ik

schelpen rapen. De zon komt nog maar amper boven de duinen. Ik heb er geen aandacht voor. Alleen mijn schaduw merk ik die links van mij ligt, als ik in de richting van Nieuwpoort stap. Mijn schaduw valt in het water als ik dicht bij de zee kom. Ze rimpelt, schuimt even en wordt weer heel. Ik trap er graag op. Die morgen wil ik het ook doen, maar het lukt niet.
'Je loopt als een krab,' plaagt Paul. 'Lelijke krab. Pak me met je scharen.' Hij duwt me. We zitten mekaar achterna. Paul schiet me rakelings voorbij. 'Lelijke krab. Pak me dan, als je kan.' Hij komt me tikken met zijn vingers, draait rond mij en als ik de achtervolging wil inzetten, draaft hij met een sterke lendenstoot weer verder. Ik kan hem nooit krijgen. Zoals altijd als Paul me de baas is in het spel, ga ik iets anders doen. Ik ga schelpen rapen. 'Scheef krabje, ga je schelpjes rapen?' Nog steeds probeert hij me uit te dagen: 'Geef me een pootje, krab, je hebt er toch genoeg.' Ik hoor hem niet meer.

Er ligt een bleekrode zandbank vóór de vloedlijn. Een massa schelpen ligt er op te drogen! Ik steek de schelpen in de zakken van mijn wollen jasje. Voorzichtig. Ik wil ze niet stuk en ze zijn broos. Paul komt ook rapen. Hij kiest tritons, slakken en messen en steekt ze in zijn broekzak. Hij kijkt er niet naar. De schelpen rammelen tussen zijn vingers zoals knikkers. 'Ik raap er zoveel ik kan om er straks ons kasteel mee te versieren. De messen zet ik op de kantelen, de tritons zijn de torens en de slakken zet ik naast de poorten.' Ik kies de kleinste schelpjes: roze en gele. Op mijn vingernagels zijn ze nog te groot. Straks zet ik een schelp op elke vinger- en teennagel van bomma. De geribde, donkergrijze en bruine schelpen duw ik tegen mijn trui: mooie knopen! Vanavond maak ik een snoer van kleine, kalkwitte tritons. Bomma zal er een gaatje in prikken. Alleen bomma kan het zonder het schelpje te breken. Ik zoek lang, raap en verzamel tot mijn zakken uitpuilen. Ik kijk omhoog. Paul staat heel klein in de verte te wuiven. Ik hol in zijn richting met mijn twee handen op mijn jaszakken. 'Kom kijken, Kristien. Het karkas van een zee-egel.' Op zijn hand houdt hij een hartvormig klein skelet. Onderaan zit er een gaatje in. In de middengroef liggen nog stekeltjes als verdord gras en de streepjes langs de zijlijnen zijn als gaatjes van een stikmachine. Paul draait het kalken hartje ondersteboven. Een kussentje van punten als een mooie, regelmatige tekening blinkt nog van het zeewater. Ik krijg - voor het eerst - de indruk van iets perfects. Paul steekt het lichte, gesloten schelpendoosje bij de rest in zijn broekzak. 'De rozet van onze kasteelmuur,' zegt hij en hij holt, draait en keert als een jonge hond over het strand. Ik roep: 'Pas op voor je schelpen!' Hij hoort me niet. Ik blijf rustig stappen langs de boord van het water in de richting van onze flat. Voorzichtig wrijven mijn vingers op de schelpjes. Ze zijn koud, zacht en broos. Ik denk aan stukjes krijt uit de klas. Zandkorrels zijn onderaan in de naad van mijn zak gegleden. Het is net of ik het zand tussen mijn tanden voel. Vader had een hekel aan zand dat overal tussenin kruipt. Daarom bleef hij nooit lang. Ik zie hem de schouders ophalen en ermee rollen om van de korreltjes op zijn rug verlost te zijn, zijn neus snuiten en spuwen. Hij droeg sokken in gesloten schoenen, ook op het strand. 'Geef mij maar een zee met rotsen en keien,' zei hij.

Mijn vader. Wie was hij eigenlijk? Zoals Paul nu? Of zoals Johan? Zou ik met Johan getrouwd zijn, als mijn vader nog leefde? Hoe gaat Johan reageren als ik hem zeg dat ik een kind verwacht? Zal hij naar mij kijken zoals hij dat deed toen ik vertelde dat ik zwanger was van Klaas en van Eva? Met een lachend gezicht vol witte stippen van het meel en met wijdopen armen van vreugde. Voor Klaas droeg hij me als een vrolijke knaap heel de bakkerij rond. Het nieuws van Eva ontving hij stiller. Ik zie hem nog staan: hij was in een grote kom vanillecrème aan het roeren. Plots veranderde hij van richting. Hij ging door met zijn rechterhand, maar stak zijn linker naar me uit. Die beide keren kwam ik net terug van de gynaecoloog.

Zou de test wel betrouwbaar zijn? Wat staat er weer op? In geval van twijfel na drie dagen overdoen. Drie dagen! Kan ik nog zolang wachten? Of ga ik een dokter raadplegen in de kliniek bij Klaasje? Klaasje! Ik was hem helemaal vergeten! Mijn thee staat koud te worden. Ik drink vlug mijn kop leeg. De drank smaakt bitter. Aan mijn broodje begin ik niet. Ik dacht dat ik ham had gevraagd. Was ik zo verstrooid door die zwangerschapsgedachte? De kaas die uit de korst steekt, is donkergeel en lijkt uitgedroogd. In het midden van het ronde bruine kadetje is de snee bleek. Het broodje ziet er niet knapperig uit. Misschien kan ik toch best iets eten, want ik voel mijn maag ondersteboven keren. Ik twijfel er niet meer aan. Ik ben zwanger. Hoe zal Johan dat opnemen? Waar is de tijd dat hij me overal meenam? Achterop zijn motor. Mooi was hij toen, nu eigenlijk nog. Slank en lenig, nu eigenlijk nog. Gladgeschoren en kortgeknipt, zo is hij nooit meer. Ernstige, stoute ogen onder zijn zwarte pet waarover zijn stofbril gespannen zat, want hij kwam me afhalen op zijn motor. Dat prachttuig! Een grote, perfect ronde lamp in 't midden van het stuur dat hij vasthield met enorme kaphandschoenen. Twee blinkende, verchroomde stalen buizen aan de twee kanten van het voorstel. Een gladde, knalroodgelakte benzinebak vóór hem, tussen zijn benen. Oudzilveren pedalen en handles. Een zachte duozitting voor mij. Johan droeg altijd zwartleren laarzen die mat waren en zacht leken. 's Zomers droeg hij een blauwe jeansbroek en een kort jasje met koperen knopen. Als hij het losmaakte, keek ik naar het zwart gekrulde borsthaar dat uit de driehoek van zijn overhemd kroop. Ik smolt weg. Voor elk detail van zijn lichaam en zijn kleren smolt ik weg. En het is nog zo. Ik wou dat het niet meer zo was. Wanneer is hij begonnen met drinken? Hij kon wel goed optrekken met de baas van de bakkerij. Een beer van een kerel met tatoeages op zijn armen en zijn borst. Als hij voor de feestdagen in de bakkerij kwam helpen, zag ik zeemeerminnen, arenden en slangen in een grijsblauwe kleur op zijn huid. Ik vond het griezelig. 's Avonds, na het werk, kwam hij Johan vaak ophalen. Zijn motor was zwaarder dan die van Johan. Hij had een Texaans zadel met spijkers. Ze gingen dan als gekken over de wegen scheuren en bezochten een paar cafés. Ik vond het niet erg. Johan kwam nooit zeer laat thuis en nadien beleefden we de heerlijkste nachten. Was hij toen al een dronkaard? Ik denk het niet, maar toen de bakkerij failliet ging, zeiden de mensen dat de baas al zijn geld had opgedronken. Johan verkocht zijn motor. Toen dweepte hij met wagens. Uren kon hij erover praten. Ook met mij. Ik begreep er niets van, maar ik luisterde geboeid. We hadden nog geld. En ik reed ook graag vlug over de wegen, zag graag de voorbijflitsende landschappen, lachte met de wagens die we voorbijsnelden! Een man voelen die stuurt als een racer.

Wat ben ik veranderd... Nu heb ik een hekel aan al dat gedoe. Is Johan ook veranderd? Ja, maar niet in dezelfde mate als ik. Hij kan nog hele dagen over de wegen schuiven om overal de broodautomaten aan te prijzen. Maar hij hangt ook aan de toog van de cafés. Ik ruik het. Ik zie het aan hem. Thuis drinkt hij ook. Maar sinds wanneer? Lang na de geboorte van Eva. Ik zie hem nog binnenkomen die avond. Het was niet laat. Ik was blij hem te horen thuiskomen. De kinderen sliepen. Doodmoe als ik was, had ik niets opgeruimd. Overal speelgoed. Een slabbetje op een stoel. Een kleverige zuigfles op tafel naast een besmeurde kop tussen kruimels van brood en korstjes van kaas. De kinderstoel was niet afgeveegd. Ik zat televisie te kijken. *Neighbours*. Ik weet nog dat het einddeuntje klonk, toen Johan de deur openduwde. Hij droeg de deurmat opgerold onder zijn arm. Er zaten stukjes vezels op zijn sportjas en er dwarrelde stof op zijn schoenen. Eerst wilde ik lachen maar toen ik zijn verdwaasde blik over de woonkamer zag glijden, werd ik bang. Er kwam iets in zijn ogen dat ik nooit eerder gezien had: tegelijk verstarring en tinteling. De mat ontrolde zich onder zijn arm, viel over de latten van Eva's box en op het ogenblik dat ze er in een S-vorm vanaf schoof, wist ik dat hij woedend werd. Hij veegde met zijn mouw de etensresten van de tafel, zette de televisie uit, greep me uit mijn stoel en trok me dicht tegen zich aan. Hij stonk naar bier. Ik wilde me losrukken, niet zozeer omdat ik van hem walgde, maar wel omdat ik banger en banger werd. Die Johan kende ik niet. Zo had ik hem nooit eerder gezien. Hij voelde mijn weerstand, greep me bij de polsen en keek me in de ogen. Ik keek ook in de zijne. Mijn angst verdween. Ik voelde de woede als een heet vuur door mijn lijf stromen.

'Ben je mijn vrouw, ja of neen?'

'Zoals je nu bent, ben ik je vrouw niet. Met die man ben ik niet getrouwd.'

'Hoe ben ik dan? Durf het te zeggen hoe ik ben.'

'Zat, ben je. Zat! Zat! Zat! En ik ben niet met een zatlap getrouwd.'

'Zeg dat nog eens dat ik een zatlap ben.'

Hij brulde, kneep mijn polsen zo klem dat ik gilde. Boven huilde een van de kinderen. Eerst Klaas, dacht ik. Eva volgde. Mijn woede werd plots razernij. De kreten van de kinderen sloegen Johan met verstomming. Hij loste mijn polsen. Ik rende naar de deur en riep:

‘‘t Is jouw schuld dat ze wakker geworden zijn! Smerige zatlap!’ Ik sloeg de deur achter me dicht en wilde de trap oplopen. Achter mij kletterde de deurruit op de grond. Het geluid van glasscherven kalmeerde me, ik werd plots rustig. Of was het de knal die het deed? De kinderen waren vlug gesust en vielen onmiddellijk weer in slaap. Ik voelde me ook niet meer moe. Toen ik weer beneden kwam, was Johan bezig de scherven bijeen te vegen. Hij zei niets en leek helemaal nuchter. Toen hij uit de keuken kwam, had hij een vouwmeter in de hand. Heel nauwkeurig mat hij de lengte en de breedte van de opening in de deur. Hij zei nog altijd niets. Ik begon de kinderstoel schoon te vegen en hoorde Johan zagen in de garage. Beschaamd ruimde ik de vloer op. Toen hij terugkwam met een paneel in hard karton dat hij - zonder veel lawaai - met fijne nageltjes vastspijkerde in de gleuven van het kapotte raam, had ik mijn vieze schort al in de mand bij het vuil linnen gegooid.
Hoe vaker ik de scène liet afrollen in mijn geheugen, hoe duidelijker ieder detail werd. Ik hoopte dat het bij die ene keer zou blijven. De volgende dagen verliepen rustig. We spraken niet over die avond. Ik weet nog goed dat hij, de week nadien, verschillende broodautomaten kon plaatsen, want we maakten plannen om nieuwe bedjes voor de kinderen te kopen. Eva sliep nog in een wieg en Klaas in een kinderbed met spijlen. En om eens lang samen naar zee te gaan.

Dat deden we in augustus! Als de duinen vol gekleurde windschermen staan. Ik lag uren in de zon terwijl Johan met de kinderen speelde. We werden bruin als kastanjes: de kinderen naakt als kleine negertjes, Johan met de tekening van zijn slip op zijn huid en ik met die van een slip en een beha. Hij zei: ‘Laat dat bovenstuk maar uit! Als ik de hele dag je naakte borstjes zie, breng ik je iedere, iedere nacht in vervoering!’ Ik hoorde zijn woorden nog die hij fluisterde, terwijl ik ’s avonds op zijn schoot met zijn borsthaar zat te spelen. Hij wreef mijn rug onder mijn jurk en peuterde de haakjes van mijn beha los. In de weken die volgden, was ons liefdesspel van een gelukkige hevigheid. Hele dagen bleef ik de streling van zijn kussen en de zachte aanwezigheid van zijn geslacht overal op mijn lichaam voelen. Niets was me te veel. 's Avonds en 's nachts deed ik een voorraad van genoegens op die het me mogelijk maakten alle karweien van het huishouden met plezier op te knappen. Ik leefde in een roes. Ook de kinderen waren blij. En het bleef duren, ook na de vakantie. Toen kwam het auto-ongeval. Eind oktober.

Het was afschuwelijk slecht weer. We reden naar Johans ouders. Niet zo ver. Naar Dworp. Johans moeder was jarig. Ze werd achtenzestig (ik kan er moeilijk aan wennen dat Johans moeder zoveel ouder is dan mijn moeder; zoals ik ook moeite heb met de lawaaierige familie van Johan waarvan hij de jongste is en nog steeds 'onze kleine' genoemd wordt). Ik had er geen zin in. Johan wel! Hij zou de hele namiddag luidruchtig kaarten, pinten drinken en onnozel lachen met zijn broers. Ik zou mogen helpen afwassen en dan kletsen met de schoonzussen die me altijd een beetje afgunstig aankijken en aanspreken: 'Jij hebt tijd om je nagels te lakken, je gaat toch niet werken. Die schoenen komen zeker niet uit Buizingen. Maria heeft je vorige week in Halle gezien...'

We vertrokken dus, een pot kleine, gele chrysanten en een abrikozentaart in de kofferbak. Aan het stuur keek Johan eerst naar mij en knikte. Eefje zat vastgeklikt in haar kinderstoel en begon bij het draaien van de motor aan haar duim te zuigen. Klaas danste op de veren van de achterbank.

'Zit stil, Klaas.'

De voetjes van Klaas (witte sokjes in hoge blauw en groene schoentjes) staken even buiten de bank uit. Hij had een rood autootje in de handen en hij bootste het geluid van de motor na. Hij simuleerde bochten, draaide zijn elleboog links en rechts, siste en schoof. De ruitenwissers zoemden. We waren weg. Het was net of Johan niet langzaam kon rijden. Onder de hoge bomen lagen veel plakkende natte bladeren. Ik kreeg een gevoel van onveiligheid. Iets onbeschrijfelijks. Iets angstigs dat mijn adem vlugger deed gaan. Plots, wat gebeurde er? Besefte ik het? Of zit ik nu de indrukken weer aaneen te rijgen omdat ik de tijd wil ordenen, omdat ik het verloop wil zien, omdat het weer gebeurt?

Johan slipt. Ik zie dat zijn handen het stuur in de andere richting draaien (vleugels van meeuwen voordat de vogels op het strand neerstrijken!). Een schok! Een vreselijke klap!
Tegelijk zoemt Klaas als een projectiel tussen Johan en mij door. De voorruit in duizenden stukjes. Het rode autootje valt op mijn bil. De gordel snijdt in mijn schouder en drukt op mijn borst. Een zwarte boomstam staat vóór me. Johan ligt op zijn stuur. Zijn wang naar mij toe. Zijn brede rug als een zak met meel in de bakkerij: rond en vol. Eefje zegt niets. Ze zuigt nog aan haar duim. Als ik Johan schudt en zijn naam roep, begint ze ook te schreeuwen. De motor draait nog. Ik draai de contactsleutel om. Hoe ben ik uit de wagen geraakt? Klaasje ligt op zijn buik in de natte bladeren. Een van zijn schoentjes is van zijn voet tot boven zijn hoofd gezwierd. Ik zie niets aan hem. Geen bloed. Zijn gezicht en zijn handjes zijn erg wit. Ik wil hem omdraaien, maar hoor een stem naast mij:

'Laat hem liggen. De ziekenwagen komt zo.' Wie was dat? Dan weet ik niets meer. Ik kan in mijn geheugen niets terugvinden. Ook vandaag niet. Aan Luc heb ik eens gezegd dat ik alles op een rij wilde zetten, één voor één, als op een telraam met de juiste afstand tussen de bollen. Hij raadde het me af. Luc vertrouw ik: 'Zoek niet, Kristien. Je wordt er alleen maar gek van. Doe iets met je onmacht'.

Luc... Misschien vertel ik hem straks dat ik zwanger ben. Hij zal denken dat ik niet wijs of evenwichtig genoeg ben maar hij zal het niet zeggen. Hij zal vragen hoe ik me daarbij voel, wat er in mij nu omgaat. Zou hij getrouwd zijn? Ik kan het niet weten. Vele dokters dragen geen trouwring als ze in het ziekenhuis bezig zijn. Ik zal het Luc zeggen voordat ik het aan Johan zeg. Misschien geeft die me raad. Zou hij een abortus voorstellen?

Mijn broodje hap ik in twee beten naar binnen. Ik betaal meteen. Als ik de deur achter mij dichttrek en nog even omkijk om dag te zeggen, staren de twee diensters mij na. De toiletmevrouw die met hen praat, glimlacht veelbetekenend. Zo lijkt het toch.

IV

'Goedenavond, mevrouw. Ik heb eerder met u gesproken, maar misschien weet u het niet meer. Misschien weet u ook niet meer waarover ik sprak. Ik zou het liever niet allemaal herhalen...'

'Uw stem komt me bekend voor, mevrouw. Maar u zal toch - als het kan - in het kort moeten vertellen waarover het ging. We horen hier zoveel mensen!'

'Dat begrijp ik. Ik ben die weduwe van eenenvijftig jaar. Al zestien jaar weduwe. Met twee kinderen. Mijn kinderen zijn nu alle twee getrouwd. Ze waren elf en negen toen mijn man gestorven is. Ik vertelde u vooral over mijn dochter die zo moeilijk was... en nog altijd is.'

'Ik denk dat ik het mij herinner... Had u het niet over een koffieservies van uw schoonmoeder dat u aan uw dochter aanbood? En over een gehandicapt kleinkind, na een auto-ongeval?'

'Dat is het, mevrouw.'

'Terwijl u spreekt, zal het me stilaan wel te binnenschieten waarover het ging, maar, neem me niet kwalijk, als ik allicht nog iets vraag dat u me al gezegd heeft... Ik zal trachten u te begrijpen.'

'Er is alweer wat nieuws gebeurd! Kristien is in verwachting! Ik kan het zelf nog niet geloven. Iets ergers kon ze me nu niet aandoen.'

'Ik hoor dat u bekommerd bent om uw dochter en dat u met dat nieuws niet gelukkig bent.'

'Ik heb natuurlijk niets tegen kinderen. Ik vind zelf dat een mens trouwt om kinderen te krijgen. Maar in hun geval! Hun oudste kind zal gehandicapt blijven - in een rolstoel - en ze moeten hem opnieuw leren spreken. Nu is hij nog in 't ziekenhuis, maar hij zal er niet kunnen blijven. De man van mijn buurvrouw werkt bij het ziekenfonds en die zegt dat, als er niets meer aan te doen is, de zieken - eigenlijk zijn ze dan niet meer ziek - naar huis moeten. Dat is een beetje te begrijpen, hé. We moeten besparen! Maar wat ze dan gaat doen, ik weet het niet. Haar dochtertje van drie jaar brengt ze ook al naar een onthaalmoeder! Ja, ze kan niet anders. Haar man gaat werken.

Zij gaat dagelijks naar het ziekenhuis, naar Klaas. En nu nog in verwachting! Ik kan er niet bij...'

'Maakt u zich ongerust over die zwangerschap? Denkt u dat uw dochter het niet aan zal kunnen?'

'Dat niet. Kristien is vijfentwintig jaar en ze is niet ziek. Mager wel, maar ziek niet. Mager willen die jonge vrouwen tegenwoordig allemaal zijn... Ik vraag me soms af of die mannen van nu zo graag een magere vrouw in hun bed hebben...'

'U bent dus niet zozeer bekommerd om de gezondheidstoestand van uw dochter, maar wel om het feit dat ze het niet zal aankunnen met een kind erbij en zonder hulp.'

'Dat is 't precies, ja. Van haar man hoeft ze ook niet veel hulp te verwachten. Die is de hele dag weg om broodautomaten te plaatsen! Een bakker die broodautomaten plaatst! Ik heb eens van een brood gegeten uit zo'n automaat. Dat smaakt naar ijzer en naar plastiek. En daarbij, dat kan niet vers zijn!'

'Door zijn beroep kan uw schoonzoon niet veel helpen in 't gezin. Bedoelt u dat?'

'Om geld te verdienen, ja. Veel zal het niet zijn. Hij moet de bakkers bidden en smeken of ze die kast aan hun deur willen zetten en dan krijgen ze daar ergens een percentage op... Ik weet niet precies van wie. Maar kom, een serieuze bakker wil zoiets niet, dat is geen...'

'U bedoelt dat het gezin van uw dochter het met weinig moet stellen. Zegt uw dochter dat?'

'Neen, daarvoor is ze veel te trots! Maar ik zie het wel. Ze kopen nooit iets nieuws voor 't huishouden en zo. Als ik dan zie hoe het gaat bij onze Paul, Paul is mijn zoon. Daar is 't wat anders!'

'Vindt u dat ze geen eten of kleren genoeg hebben?'

'Neen... neen! Als Kristien het wil, kan ze goed koken. En ik zei u vorige keer hoe chic ze altijd is. Ze kan ook goed naaien en breien. Eva is altijd heel mooi gekleed, Eva is haar dochtertje.'

'U denkt dus dat ze het niet breed hebben. Maar er zijn toch veel jonge mensen in zo'n situatie, is 't niet?'

'Ja, misschien... Ik ken toch ook veel andere. En ik had haar nog zo goed verwittigd: Kristien, dat is geen man voor jou. Een bakker... Als 't dan nog een bakker was met een eigen zaak!

Maar, neen. Een bakkersknecht! Eigenlijk was hij een bakkersknecht. Maar dat mocht ik niet zeggen! Oei! oei! oei! Weet u wat ze dan durfde antwoorden: "Papa was ook maar een venter met bakstenen!" Zo is ze nu altijd, tegendraads! Ze staat daar zo wit als een lijk vóór mij in de salon, ze loopt plots naar het toilet. Ik hoor haar overgeven! Als ze terugkomt vraag ik: "Je bent toch niet in verwachting, zeker?" En weet je wat ze antwoordt? "Een katholieke vrouw zoals jij zou daar blij om moeten zijn!" Ik stond paf. Zowel van haar antwoord als dat het zó was. 'Zou het niet kunnen, mevrouw, dat u zich ongerust maakt over die zwangerschap en dat uw dochter en uw schoonzoon er anders over denken?'

'Mijn schoonzoon? Hij wist er zelf nog niets van! Kristien zei me: "Je weet van niets, mama, want ik heb nog niets tegen Johan gezegd." Haar eigen man weet het nog niet! Ik weet natuurlijk niet hoever ze al is, want dat zegt ze me niet. Had ze niet overgegeven, dan zou ze me ook nog niets gezegd hebben, daar ben ik zeker van!'

'Ik meen me te herinneren dat u in ons vorig gesprek zei dat uw dochter zo zwijgzaam was en dat ze als kind erg leed onder de dood van haar oma en haar vader. Is dat later nooit veranderd? Heeft ze u niet in vertrouwen genomen?'

'Dat is juist zo erg voor mij. Ik ben een vreemde voor haar. Ze zegt me niets. Tegen Paul laat ze af en toe iets los. Maar die heeft nooit veel tijd... Ik kan dat wel begrijpen: hij zit tot over zijn oren in het werk! Ik weet echt niets over haar, ook niet over haar man of haar kinderen. Johan zou me nog meer vertellen dan Kristien. Na het auto-ongeval was het Johan die me vanuit het ziekenhuis opbelde. Hij had twee ribben gebroken en kneuzingen hier en daar. Hij was vlug bijgekomen en hij belde. Hij zei wel niet veel, maar ik wist toch iets. Kristien had niets, maar ze dacht er niet aan mij te verwittigen.'

'Heeft u daar een uitleg voor dat uw dochter zo omgaat met u? Na de dood van haar oma en haar papa kon ze bij u toch troost en steun krijgen?'

'Ik heb u al gezegd hoe moeilijk zij was. Na de dood van mijn man bleef ze treuren, en lastig doen tegen mij. 't Was mijn fout dat haar papa gestorven was. Dagen aan een stuk sprak ze alleen met de hond! Als Paul en ik na een tijdje weer lachten ('t is toch zo, het leven gaat verder en je moet voort, of je het wilt of niet), bekeek ze ons alsof het een schande was. En als Paul of ik iets vertelde over papa luisterde ze, maar ze zei nooit zelf iets over hem. En het gekste van al: in 't begin, na de dood van mijn man, ging ik dikwijls naar 't kerkhof. Paul ging al eens mee. Kristien nooit. Op Allerheiligen heb ik haar zelfs verplicht mee te gaan. Met kijven, ruzie en tranen! Het was me wat! En later heb ik vernomen dat ze zelf ging... zonder ons en zonder dat we het wisten. Eigenzinnig en koppig was ze. Nu nog. Weet je van wie ik dat wist? Van dat kerkhof. Van de schoonmaakster van mijn schoonmoeder. De zaak van mijn man - allee, van mijn schoonbroer dan - werd groter en groter. Hij maakte bijna van het hele huis kantoren, en de meid mocht blijven. Ze hadden haar nog nodig. Jong was ze niet meer - verre van - maar ze kende alles en iedereen. Ze was van den huize, allee. Veel werken kon ze wel niet meer. Ik denk dat mijn schoonbroer haar ook hield omdat ze zijn moeder zo genegen was. Wel, die vrouw wist meer over Kristien dan ik! Van haar hoorde ik dat Kristien alleen naar 't kerkhof ging, dat ze bij haar in de keuken - want ze hadden de keuken zo gelaten om vlug iets te kunnen klaarmaken: koffie of zo, of een ei,of zelfs eens een biefstuk of een kotelet... je weet hoe dat gaat met mannen in zaken - wel ja, wat zei ik? Dat Kristien bij haar in de keuken kwam zitten, soms om iets te vertellen, maar ook om daar gewoon bij haar te zitten! Als je dat dan hoort als moeder! Terwijl ze tegen mij niets zei! En ik heb zo dikwijls geprobeerd. Ik zei: "Kristientje toch, als er iets is, zeg het mij. Ik ben toch je moeder." Niets kreeg ik eruit. Nu eigenlijk nog niet. Ofwel begon ik: "Je kunt toch met de doden niet blijven leven. Dood is dood. En 't leven gaat verder. Voor jou moet alles nog beginnen..." 't Gebeurde dat ze dan uit de kamer liep en de deur achter zich dichtsloeg! Kunt u zich voorstellen wat dat is voor het hart van een moeder, een weduwe nog wel?'

'Het doet zeker pijn als kinderen zich zo afsluiten. Heeft ze u later nooit iets toevertrouwd?'

'Nooit ofte nimmer. Als ik over Kristien begon, zei Paul me: "Je moet Kristien meer met rust laten, mama. Die is zo." Hij kan gelijk hebben. Want aan de zee - we zijn toch weer naar zee gegaan in de vakantie - liet ik haar maar lopen en doen en dan ging dat beter. Maar als je van een vreemde - die meid dan - hoort dat het met je eigen dochter niet goed gaat, dat dat kind te veel verdriet heeft en geen troost kan vinden, dat doet pijn, je mag me geloven... Dat is allemaal goed, iemand troosten maar als ze niet getroost willen worden...'

'U hebt haar nooit gezegd hoe u zich daarbij voelde?'

'Neen. Ik was bang haar nog meer te verdrieten. Maar ik zei het wel tegen de meid. Misschien heeft die het verteld aan Kristien. Ik weet het niet.'

'Leeft die vrouw nog?'

'O, neen! Ze zou wel honderd jaar zijn - of ongeveer - als ze nu nog leefde! Ze is wel heel oud geworden, in de tachtig, ver in de tachtig. We zijn allemaal naar de begrafenis geweest en nadien naar de koffietafel. Met de familie. Haar kinderen waren zo dankbaar dat we gekomen waren. Brave mensen, nog zoals vroeger... En beleefd: *Merci, madame. En de jonge meneer* - op onze Paul dan - *is ook meegekomen. En juffrouw Kristien.* Helemaal niet familiair. Die mensen kennen hun wereld. Gelukkig dat die meid goed wist wat ze mocht vertellen en wat ze moest zwijgen. De mensen in Halle zouden nog kunnen gedacht hebben dat ik een slechte moeder was... En toch was 't niet zo, want toen ik Kristien naar het internaat bracht, zeiden ze me dat het zeker voor haar welzijn was!'

'Hoe kwam u op die gedachte haar naar een kostschool te sturen?'

'Op school had Kristien geen problemen. Ze leerde goed. De onderwijzeressen klaagden nooit over haar. Op een oudercontact durfde ik niet eens te zeggen dat er met haar geen huis te houden was! Ze zouden me niet geloofd hebben. Ze zeiden wel dat ze aan de stille kant was. Ik dacht zo bij mezelf: Als het met Kristien zo goed gaat op school, kan ik haar daar het best laten. In een kostschool dus.'

'Heeft u haar niet gemist?'

'Wel, ik zal eerlijk zijn... Eigenlijk niet veel, neen. Probeer dat maar eens te begrijpen: een dochter in je huis zien rondlopen met een triestig of een lang gezicht, wat heb je daaraan? En als ze dan toch liever op school was... Voor mij was 't in ieder geval veel gemakkelijker. Paul had het er aanvankelijk moeilijk mee, maar het ging vlug over. En als Kristien dan thuis kwam in de vakantie, hadden ze samen nog zo veel plezier! Ik denk dat ik gelijk had, haar naar een kostschool te sturen.'

'En wat zei zij, toen u haar die beslissing meedeelde?'

'Zij? Ehwel, u kunt het bijna niet geloven! Ze zei niets. Niets. Geen gebenedijd woord. Elf jaar was ze. Ja, elf jaar. Ze had in mei haar communie gedaan. Niets. Ik zei: "Vind je dat niet beter, Kristien? Je bent toch graag op school?" En zij zei: "'t Zal wel een andere school zijn dan die van nu." Meer niet. Natuurlijk was 't een andere school. Ik kon haar toch niet in Halle, op een steenworp van huis, laten inwonen! Eerst dacht ik haar naar Bergen te sturen. Ze kon dan ook Frans leren. Dat zou een aanvaardbare uitleg geweest zijn voor het internaat, want mijn schoonbroer - die ergens iets gehoord had van mijn plan, ik denk door de meid, maar 'k heb het toch nooit juist geweten, ze babbelden nogal wat achter mijn rug - ja, mijn schoonbroer, die ook voogd was van de kinderen, was er niet voor. Hij had aan Paul gevraagd of er in Halle geen scholen genoeg waren? Daarom had ik aan Bergen gedacht. Ze zou er direct goed Frans leren. En daar kon mijn schoonbroer niets op tegen hebben! Maar Kristien wilde er zelf niet van horen. Ze dreigde: "Als je mij naar Bergen stuurt, loop ik daar weg." Zomaar. Ik dacht bij mezelf: Ze is ertoe in staat. En dan is 't weer een brok ellende.' Naar Brussel wilde ik haar niet sturen. 'k Heb daar nog familie wonen en ik had liever dat die zich niet bemoeide met de scholen van de kinderen. 't Was al moeilijk genoeg met mijn schoonbroer. Na lang parlesanten is 't Leuven geworden. Kristien scheen het goed te vinden. In september zou ze daar in 't zesde leerjaar beginnen. Later kon ze kiezen tussen verschillende afdelingen. Wat was er allemaal? Snit en naad wat ze later gevolgd heeft en secretariaat-talen, daar was ik wel een beetje voor. Ik dacht dat ze daarmee zou kunnen helpen op het kantoor en zo, maar zij was niet zo enthousiast...'

'U spreekt wel veel over uw dochter, mevrouw. Maar wat betekende het voor u om zo jong weduwe te zijn? Bent u nooit aan een nieuwe relatie begonnen? In ons eerste gesprek zei u - denk ik - dat u zo dikwijls alleen bent.'

'In 't begin dacht ik daar zeker niet aan. En toen was ik ook niet veel alleen. Er was zoveel te regelen. Alleen al voor de zaak van Theo. Ik erfde zijn aandelen. Geldproblemen heb ik nooit gekend. Theo zelf had ook al een en ander opzijgezet. Dat bracht heel goed op. Heel, heel goed. Hij had daar verstand van. En dan moest er van alles gedaan worden voor de kinderen. En ik zat ook altijd met Kristien in mijn hoofd. In die tijd ging ik dikwijls naar Brussel, vooral naar mijn oudste zus. Ik heb u al verteld dat zij mij eigenlijk grootgebracht heeft. Ze was toen ook al weduwe. Wel veel ouder dan ik, maar toch. We gingen samen de stad in om een kop koffie te drinken of we gingen eens naar de film of naar een of ander feest. Als ze dan zag dat er soms een man naar mij keek of een beetje kwam babbelen, zei ze mij achteraf: "Je moet niet denken aan hertrouwen, Jeanne. Nu doe je wat je wilt, je gaat en je komt waar je wilt. Je bent niet gebonden aan uur of tijd. En met een man is 't weer aanpassen en wat weet ik allemaal!" Dat is ook zo. Met een man in huis moet je rekening houden. Een man neemt veel plaats in in huis. Daarbij - aan u kan ik dat zeggen, want u vertelt het toch niet verder - eigenlijk miste ik Theo niet. In 't begin was ik wel verdrietig door zijn plotse dood en door al die ellende met Kristien. Als ik dan 's avonds en 's nachts alleen in bed lag, kon ik mij zo ellendig voelen en soms was ik bang. Ik kan niet zeggen waarom. Ik woelde, zweette en kon niet in slaap vallen... Maar Theo echt missen, neen. Zo van altijd aan hem denken, van 's morgens tot 's avonds en 's avonds nog meer dan 's morgens, dat ken ik niet. Da's eigenlijk toch maar goed, want 't was zo al erg genoeg en 't is nog altijd erg genoeg... 't Is maar de laatste tijd dat ik me alleen voel. Zoals ik u zei, ging ik dikwijls naar Brussel, mijn zus kwam veel naar Halle. Nu komt ze bijna niet meer. Ze heeft artrose in de knieën en ze ziet daar zo van af! Ik ga ook minder bij haar langs want ze krijgt veel bezoek van vrouwen uit de "Middenstandsvereniging" of zoiets. Voor verenigingen heb ik het niet zo. En voor leden van een vereniging ook niet. Dat zijn allemaal dezelfde! En ze babbelen over van alles precies of je kent dat ook even goed als zij. En ze vragen of je ook bij die vereniging bent en of je naar hier en daar meegaat. In een autocar. Naar de Keukenhof. Of naar het Voedingssalon. Of naar de serres van Laken. Niet dat het mij niet interesseert, maar zo met een hele hoop in een autocar, dat zegt me niets. Daarin verschil ik van mijn oudste zus. Maar wat ze zei over "hertrouwen" vind ik toch juist.

Eens heb ik eraan gedacht. Aan een andere man. Dat wil ik u nog vertellen. Iedere donderdagavond kaartten wij: Theo en ik, een vriend van Theo en zijn vrouw. De ene donderdag bij ons, de andere bij hen. Theo was erg gesteld op die avonden. Hij kaartte zo graag! Vooral in kleurenwhisten was hij sterk. Soms kwam er nog een andere vriend van Theo, een vrijgezel. Die sprong dan in als ik in de keuken koffie ging maken of iets klaarzette: een stuk taart, wat koekjes of een sneetje cake. Je weet hoe dat gaat. Die vriend-vrijgezel ('k zal hem zo maar noemen) kwam niet altijd. Hij was leraar en hij had dus dikwijls vakantie. Dan was hij altijd op reis. Wat zou zo 'n vrijgezel anders met zijn geld doen? Als hij er was, bracht hij wel iets mee. Een doosje pralines, taartjes, of een souveniertje van zijn reizen. Dat waren bijvoorbeeld zakdoekjes of een foulard. Toch altijd iets. En altijd voor de dames. Ik had eens gezegd dat ik graag las en van toen af gaf hij me wel eens een boek. "Dit moet je lezen, Jeanneke, en me vertellen wat je ervan vindt." En dan vroeg hij er ook naar, echt een leraar, hé. Soms durfde ik niet te zeggen dat het saai of moeilijk was. Hij was veel ouder dan wij. En altijd begaan met ons. En beleefd! "Ik heb geen vriendelijke gastvrouw om jullie thuis te ontvangen," zei hij. "Laat me jullie dan iets aanbieden." Hij sprak op de letter. Als hij kwam, letten wij ook zo'n beetje op onze taal. En hij was verzorgd gekleed. Hoe zou ik het zeggen? *Tiré à quatre épingles*, zeggen ze in 't Frans. Om u te zeggen hoe hij was: als hij een boek mee had (want hij las veel), stak het altijd in een leren *liseuse*. Theo en zijn getrouwde vriend lachten een beetje om hem. Zo van: wij zijn van een ander kaliber! Na zo'n kaartavond zei Theo me eens:

"Max zou liever met jou meegaan in de keuken dan de vierde man te zijn. Maar hij durft niet. Hij zou geen vrijgezel zijn, als hij zoiets zou durven." We hebben er samen om gelachen, maar ik heb het onthouden. Ik voelde dat Max een stille bewondering had voor mij. Meer dan voor de vrouw van de andere vriend. Hij liet dat niet blijken, maar ik voelde het. En ik had dat eigenlijk graag. Ik durf dat te zeggen. Toen Theo gestorven was, nam hij natuurlijk zijn plaats in bij het kaartspel. We vonden dat vanzelfsprekend. Max miste de donderdagavonden minder en minder. Hij kwam ook in de vakantie. Ik trek het misschien lang, mevrouw. Je voelt wel waar het naartoe zal gaan. Maar 't is de eerste keer dat ik het aan iemand vertel en dat doet deugd.'

'Ik blijf luisteren, mevrouw. Geen probleem.'

'Hij wachtte wel lang met zijn aanzoek. Maar ja, hij was schuchter en hij respecteerde mijn rouw. (Dat heeft hij later gezegd.) Intussen was hij met de kinderen een en al vriendelijkheid en behulpzaamheid. Hij vroeg vooral naar hun schoolwerk en hun uitslagen. Paul zei wel dat hij "'n flauwe" was, maar hij vroeg hem nu en dan eens uitleg of hij vertelde iets leuks uit de klas. Kristien, die zag hem graag. Voor het kaartspel kwam ze haar schriften tonen. Hij mocht haar haren strelen - dat mocht ik zelfs niet meer - en haar vragen stellen. Als het gebeurde dat we niet met zijn vieren waren om te kaarten, speelde Max liever dammen met Kristien of ganzenbord met Paul en Kristien. Hij deed dat beter dan whisten! Op een woensdagnamiddag kwam hij op bezoek. Hij had het aangekondigd. Paul was gaan zwemmen. Kristien was toen al in Leuven. Daarover had hij me vroeger al gezegd: "Ik keur die beslissing niet goed, Jeanneke. Dat kind heeft warmte nodig." Ik vond dat hij niets goed of af te keuren had en ik heb niet geantwoord. Enfin, hij kwam binnen. Flink afgeborsteld! Hij had bloemen bij zich. Het was de eerste keer dat hij bloemen bij zich had. En ook de laatste keer. Ik ga u niet vertellen wat hij zei. 't Was allemaal mooi, maar 't was precies een toneelstuk. Ik dacht zo bij mezelf: Daar kan ik niet tegen. Hij nam niet eens mijn hand vast, hij probeerde mij zelfs niet te kussen. Hij sprak maar met veel mooie, hoge woorden. Ik ben toen kort geweest. Ik zei gewoon dat ik hem niet wilde. Hem niet, niemand. U kunt me geloven of niet, maar hij veegde met de punt van zijn witte zakdoek onder zijn bril. Daarvan schrok ik. Nog een beetje en ik kwam uit puur medelijden op mijn besluit terug! Maar hij ging direct weg. Hij deed nog de groeten aan de kinderen. Hij kwam ook minder en minder naar de kaartavonden. Hij is niet bruusk weggebleven, want dan konden de andere vrienden misschien iets raden. Hij heeft dat goed gedaan. Met tact, zoals ze dat zeggen. Zo stilaan had hij excuses, tot we iemand zochten om hem te vervangen. We hebben een getrouwd koppel gevonden. Vrienden van de vrienden. Ik voelde me goed zonder man. In de stad hebben de mensen me een tijd *la veuve joyeuse* genoemd. Ik weet het van mijn schoonzus. Maar wat ze achter mijn rug zeggen, daar trek ik me niets van aan. Kristien die vroeg wel nog naar Max. Ik zei haar eens dat ze hem een bezoek kon brengen. Ik denk niet dat ze het gedaan heeft.

'Heeft u er een idee van waarom sommige mensen u *la veuve joyeuse* noemden?'

'Uit jaloersheid, geloof ik. Een weduwe moet treuren, dat is zo en een weduwe moet sukkelen, zeker met geld. Dan kunnen de mensen medelijden hebben: "Och arme, dat menske. En ze heeft het niet breed. En nog met twee jonge schaapkes van kinderen." Als ze dat kunnen zeggen, dan is 't in orde. Maar ik had geen "schaapkes van kinderen". Paul was eerder een veulen dan een schaap en Kristien een wilde kat! En ik, ik had het breed en ik liet het breed hangen. En waarom treuren? Theo zou het niet gewild hebben. Hij had graag vrolijke mensen rond zich. Ik was dus *la veuve joyeuse*. Ik trok me van die bijnaam niets aan. Ik zei het al. 't Is misschien wel waar dat ik meer plezier heb gemaakt zonder Theo dan met Theo, maar ik heb me nooit misdragen. 't Leven is zo kort. Vooral de laatste jaren gaat het minder goed. En 't komt altijd door Kristien. Altijd door Kristien. 'k Was er al niet voor, dat ze trouwde met Johan. Ja maar, ze heeft voor hem haar studies laten vallen. Ze zou regentes worden. Regentes snit en naad. Ze komt Johan ergens - 'k weet niet waar - tegen. En hup, gedaan met leren. 't Kon niet vlug genoeg gaan. 't Is misschien niet mooi dat ik het zeg, maar ze hing aan zijn lijf! Wat kan een mens eraan doen? Niks. Echt niks. Ik was ook niet voor zijn baas met zijn dure auto's. En 'k had nog gelijk ook. Hij ging failliet! En dan dat auto-ongeval met alle gevolgen vandien: een hoop onkosten en een gehandicapt kind! En nu is ze nog in verwachting ook. Hoe is dat mogelijk? Als je gewoon elke dag een pilletje kunt slikken om niet zwanger te worden. Ik begrijp er niks van. En ik begrijp Kristien niet. Ze wil altijd zo slim zijn... en ze doet niks als domme dingen. 'k Begin te geloven dat de mensen niet meer graag bij mij komen, omdat ik niet kan zwijgen over ons Kristien.'

'Als dat zo is, dan is het toch een teken dat u bekommerd bent om haar.'

'Dat mag u zeggen. 'k Zit honderd keer meer met haar in mijn hoofd dan met Paul.'

'Zou het u niet helpen om van die kommer in uw gedachten af te geraken, als u uw dochter een handje toe zou steken in het huishouden en in de zorg voor de kinderen?'

'Er zijn meer mensen die me dat zeggen... Maar ik wil geen slaaf zijn van mijn kinderen. Ik wil wel helpen, als het mij past, als ik mijn eigen bezigheden daarvoor niet dooreen moet haspelen. Dat zou ik nog wel kunnen regelen. Maar als ik eraan denk: iets doen voor Kristien, da's moeilijk. Zal 't wel naar haar zin zijn? Of zal ze vinden dat ik me weer met van alles bemoei?'

'Heeft ze dat vroeger nog gezegd, dat u zich bemoeide met haar zaken?'

'Gezegd? Eigenlijk niet, maar misschien wel laten verstaan. Ik heb nog niet veel voor haar gedaan, omdat ik weet hoe ze is. En daarbij, je ziet wel... net als met dat koffieservies... er kan nog geen *merci* van af!'

'Misschien zou ze u nu wel dankbaar zijn, nu ze toch in grote moeilijkheden zit?'

'Grote moeilijkheden, zeg dat wel. En niet alleen voor haar, ook voor haar man. Maar daar zit ik niet zo mee: ze hebben dat kind samen gemaakt, zogezegd. Maar voor haar kinderen! Die gaan geen zorgen genoeg krijgen, da's zeker, dat kan niet anders. En voor mij, haar moeder. Ik lig er 's nachts van wakker! Daar denkt ze niet aan. Daar heeft ze nog nooit aan gedacht! Maar ja, dank hoeft een mens niet te verwachten van zijn kinderen. Dat is overal zo... Het zou anders moeten zijn. Ik zal haar toch eens voorstellen - ik heb dat vroeger wel eens gedaan - om op Eefje te passen. 't Is zo een lief, mooi kind.'

'Misschien kan u het zo proberen, mevrouw. Het doet altijd deugd als we iets kunnen doen voor hen van wie we houden.'

'Dat is waar, mevrouw. Dat zegt u mooi. Ik dank u. Het doet me zo goed het allemaal eens te kunnen vertellen. Misschien bel ik nog wel eens.'

V

'Ik zal je kort na de middag opbellen, Kristien. Dan weet je zeker al iets van de dokter. Als hij naar huis mag komen, is het het best dat ik hem haal.'

Ik zal je opbellen, Kristien... Ik zal je opbellen... Word ik gek? Die zin draait in mij rond. In mijn oren. In mijn hoofd. In mijn maag. In mijn darmen. *Ik zal je opbellen, Kristien.* Ik moet het hem zeggen. Voor ik spreek over Klaas.

Ik ben in verwachting, Johan. Ik gooi het eruit op het ogenblik dat hij 'Hallo' zegt. De telefoon kan elk ogenblik rinkelen. Door het raampje in de deur zie ik de hoorn hangen. Beangstigend stil. *Ik zal je kort na de middag opbellen, Kristien.* Ik zal schrikken als de telefoon rinkelt. Hij gaat bellen. De vieze plastiekkleur ervan keert mijn maag om. Ik kokhals in mijn zakdoek. Wit. Wat is witter? Mijn zakdoek of de lakens waartussen Klaas ligt? Ik durf niet naar het bed van Klaas te kijken, want dan schrik ik als Johan belt. Ik staar naar het toestel. Gebroken wit. Het gebroken wit van een oude foto. Zoals die van mijn vader, met zijn broer aan zee. Niet echt op het strand. Aan zee bij een fotograaf. Met een decor van water en een zeilbootje in hun rug. Op dat gebroken wit zijn zij bruin. Alle nuances van bruin: van bijna zwart - hun haar - tot bleek, heel bleekbeige: hun witte korte broek. Ze hebben een bal vast. Zonder dat decor weet ik toch dat ze aan zee zijn. Ze hebben bruine benen en bleke ogen, bleker dan in Halle. Ze glimlachen een beetje. Aan zee glimlach je zo als het vakantie is. Aan zee. Ik wil naar zee. Alleen. Of met Johan. En met Klaas en Eva. En met het kind in mijn buik.

Niet het gebroken wit van lelijk plastiek. Net of iedereen die de hoorn vastgepakt heeft er angst en zweet op achtergelaten heeft. Maar wit zoals van ivoor. De ivoren papiersnijder die nonkel pater meebracht. Glad, zacht en levend. Met een ernstig hoofd van een negerin aan het uiteinde. Ze heeft gesloten ogen. Welk geheim? Mijn geheim is geen geheim meer. Moeder weet het. Waarom ging ik ook braken bij haar? Ik loop er haast nooit binnen en uitgerekend dan, als ik haar opzoek - waarom eigenlijk? - word ik kotsmisselijk. Ik blijf haar opzoeken. Na elk bezoek zweer ik dat ik niet meer terugkom. En toch ga ik terug. In een plotse opwelling: ze zal zacht zijn. En hulpeloos. En onzeker. En ze zal zwijgen. Ze zal weten dat ik ook eenzaam ben. Ze zal haar voorhoofd tegen het mijne drukken. Ze zal vooral zacht zijn. Maar keer op keer spreekt ze trotse woorden. Keer op keer zegt ze - luid - hoe groot haar moederliefde is. Ze heeft zekerheden. Harde zekerheden van liefde. Ik word op afstand gehouden. Maar toen ik ziek was keek ze me lang aan. Toen ik mijn vingers verbrandde aan de plaat van het fornuis, nam ze mijn pols zo zacht vast, ze stak mijn hand - met de hare - in koud water en ze hield mijn hoofd tegen haar schouder. Toen ik struikelde over die steen in het park, bleef haar hand heel lang onder mijn oksel. En ze zweeg. Maar nu ik kotste, sprak ze luid. Ze preekte. Ik hoorde haar niet. Maar ze weet het. En de dokter van Klaas weet het. En Luc.

'Wat is er aan de hand, Kristien? Nu er sprake is van Klaas naar huis te laten gaan, zie je er niet goed uit en ben je bijna afwezig als ik je iets uitleg. Gaat het niet?'

'Ik verwacht een kind,' flapte ik eruit en keek naar Luc. Heeft Luc een vrouw? Heeft hij al een vrouw zwanger gemaakt?

'Ben je er zeker van, Kristien?

Ik haal mijn schouders op, maar ik kijk de dokter van Klaas niet aan. Mijn blik hecht zich vast aan de ogen van Luc. Waarom zegt hij niets? Waarom staan zijn gezicht en zijn ogen sprakeloos?

'Ga naar de gynaecoloog, Kristien. Ik zorg ervoor dat hij je deze middag nog kan ontvangen.'

Luc slaat zijn ogen neer.

Die telefoon obsedeert mij. Ik word bang. Het kloppen van mijn hart echoot in mijn lichaam. Als de telefoon rinkelt, kan ik hem ook laten rinkelen. Niet opnemen. Dan hoef ik niets te zeggen tegen Johan. Misschien komt er net een verpleegster langs die in mijn plaats antwoordt: 'Hallo!' Dan is mijn angst over en zeg ik gewoon:

'Hij mag een weekend naar huis. Op proef. Ik wacht op je. Ik haal Eefje wel op.'

Belt hij Klaas wakker als ik zelf niet opneem? Ik kijk naar

Klaas die slaapt. In het wit. Wat is wit? Na het ongeval, vanaf het ogenblik dat ik niets meer wist, zag ik wit. Een wit vlak zonder boord, zonder lijst. Wit is de kleur van het lijden. Wit van het ziekenhuis. De witte Klaas in wit verband op een wit bed. Witte muren. Witte verpleegsters en witte dokters. Hard wit licht door de witte gordijnen. Wit is de kleur van de pijn.

'Wat is wit, professor?'

'Wit licht kan ontleed worden in zijn componenten: violet, indigo, blauw, groen, geel, oranje en rood. Je kan dat aantonen met behulp van een prisma. Die proef deed je op school, Kristien. Weet je niet meer? Wit is de kleur van ten volle teruggekaatst licht.'

'Wit doet pijn. Ik deed mijn communie in het wit. Ik trouwde in het wit. Klaas en Eva liggen in witte bedjes. Wit van de slachtoffers. Wit van de maagden die het niet meer lang zullen zijn. Wit... Rond Klaas is alles wit. Als ik bij Klaas ben, is alles wit. Is Klaas een slachtoffer? Na de operatie kwam de dokter bij hem. In het groen, bleekgroen. Ik dacht dat er nog hoop was. Ik wuifde die belachelijke gedachte weg.

'Wat is groen?'

'Groen is de kleur van een voorwerp dat de groene straling reflecteert.' Groen doet geen pijn. Buiten is het groen. Groen van de lente. Van de genezing. Die ene keer kwam de dokter bij Klaas in het groen. Sindsdien: wit. Ik ben bang. Als de telefoon groen was, zou ik minder bang zijn. Gaat hij rinkelen? De gynaecoloog was in het wit. Hij droeg zelfs witte overschoenen met witte elastiekjes. Zijn stap was sluipend en schuivend zacht. Ik dacht aan een ijsbeer met donkere ogen in dat wit.

'Ik ben zwanger, dokter.' Mijn zin valt in de watten. Wit. Ik hoor niets meer en ik ben verblind. Rubberen handschoenen in halfdoorschijnend gebroken wit beroeren me.

'U bent zwanger, mevrouw.'

'Ik weet het, dokter.' Hij zegt nog veel. Ik zit in watten bedolven. Wit. Ik zink heel zacht en heel diep. Bodemloos wit.

Ik kijk weg van Klaas. Als ik het gordijn openschuif, zie ik misschien groen. Het groen van die ene boom boven het dak. Dat wit maakt me gek! Het maakt me blind.

'Vergeet nooit je kleren en je schoenen in het sas te laten,

Kristien, en de witte bloes en de overschoenen aan te trekken. Ontsmet je handen eerst.' Ik draag altijd een witte beha, een wit broekje. Alles altijd wit. Soms met een bloedvlek. Wit!

'Straks spreek ik met de dokter van uw zoon, mevrouw.'

'Ook met Luc.' Wat verwacht ik van Luc? Ik durf de gordijnen niet open te trekken. Luc? Johan gaat bellen. Ik kijk weer naar de telefoon. Ik wil hem diep in die witte watten stoppen. Ik zal Johan niet horen. Johan hoort me niet gillen dat ik een kind verwacht! Watten zijn er in overvloed in een ziekenhuis. Een witte wolk. Een dondertoren.

'Neemt u uw dochtertje mee om aan bomma een kruisje te geven, meneer?'

Een witte non in een witte kap. Lange, smalle witte handen die ze onder een witte scapulier deemoedig verstopt als ze met ons praat! Ze loopt met ons mee door een witte gang met hoge, witte vensters. Een zware, witte deur die achter ons dichtslaat. Een ijskoude ruimte. Ik los de hand van mijn vader niet. Mijn kneukels zijn wit van het knijpen. Bomma. Wit en gebroken wit. Een paternoster van witte kralen tussen haar vingers. Vader lost mijn hand en geeft een kruisje op haar voorhoofd. Ik ben bang. Hij tilt me op en fluistert in mijn oor:

'Geef ook een kruisje aan bomma. Ze gaat naar de hemel.'

Ik trap zo hard ik kan. Ik stribbel tegen en ik gil. Een hoge, witte gil. Vader draagt me op zijn arm naarbuiten.

De telefoon. Hij heeft nog niet gerinkeld. Klaas slaapt nog steeds. Roerloos.

'We kunnen hier voor hem niets meer doen, Kristien. Zijn toestand is zo goed als hij nog kan zijn. Jullie huisdokter zal hem volgen. Het dossier is al opgestuurd. Lopen zal hij wel niet meer. Maar hij zal opnieuw spreken als je vaak met hem oefent. De moeders behalen de beste resultaten met kinderen die weer moeten leren praten. Beter dan de logopedisten. De ervaring heeft me dat geleerd... We zullen proberen hem een weekend naar huis te laten gaan. Het zal niet gemakkelijk zijn, Kristien. Je kan een beroep doen op de thuisverpleging: je krijgt een omslag mee met instructies. Trouwens, je weet zelf het best hoe het moet,

Kristien. Je werkt hier al zolang met ons samen voor Klaas. Terloops gezegd: ik ben je daar heel dankbaar voor. De verpleegsters ook, en Luc en heel het team. Maandag komen jullie terug om te vertellen hoe het verlopen is. Je vertelt me alles. Ook hoe het was voor jou, en voor je man, en voor je dochtertje. We bespreken het dan samen. Ook met de psycholoog. Misschien is Klaas de week daarop voorgoed thuis, Kristien.'

Hij wist nog niet dat ik zwanger was. Nu weet hij het. Sprak de gynaecoloog al met hem? En met Luc? Zullen ze iets zeggen voordat ik vertrek of wachten ze tot maandag? Zal ik Luc nog zien? Ik heb Luc nog nooit anders gezien dan in het wit. Luc heeft mij wel anders gezien dan in het wit. Ik voel dat hij ziet dat ik mooi ben. Luc beschermt zich achter zijn witte jas. Hij is veilig achter het wit. Als ik mijn losse, witte bloes draag, in de nabijheid van Klaas, praat ik anders tegen Luc dan als ik uit het sas stap in mijn gekleurde jurk. Ik zou willen dat Luc ook in gewone kleren met me praatte. Buiten het ziekenhuis. Ver van het ziekenhuis.

De telefoon rinkelt nog altijd niet. Misschien belt Johan niet. Misschien vergeet hij ons. Vergeet hij ons? Neen. Want hij heeft me nodig. Overal. En voor alles.

'Ik heb je nodig, Kristien. Het zal beter gaan met ons. Als ik genoeg broodautomaten kan plaatsen kunnen we misschien verhuizen. Met Klaas gaat het al beter. De dokters spreken erover hem naar huis te laten komen, dat is toch een teken dat het beter gaat. Ma was zo blij toen ik het haar vertelde. Volgende week gaat ze nog eens naar Scherpenheuvel. Ze heeft het beloofd, zei ze. Ze vroeg ook of we niet meegingen. Er zijn daar zulke goeie wafels. En Eefje eet zo graag wafels, zei ze. Als Klaas helemaal geneest, gaat ze eens naar Lourdes. Misschien zelfs met het vliegtuig, zei ze nog. Desnoods zonder pa. Beloofd is beloofd... Weet je, Kristien, ik doe erg mijn best met die automaten. Ik ga ook minder drinken, dan wordt het weer zoals vroeger!'

'Het wordt nooit zoals vroeger.'

'Maar ik hou nog van jou, Kristien. In bed hebben we het samen toch goed.'

In bed! Het witte bed van ons. Wit. Wit, zoals de seringen, de meiklokjes en de kastanjelaar. Ik heb ze gezien, en geroken vandaag. Ze geven me geen vreugde meer. Ook mijn bed niet.

Ik heb hem in mijn lijf, Johan. Los kan ik niet van hem. Die band doet alleen pijn. Het nieuwe kind in mij - is het wel al een kind? - is weer ons kind. Uit dat witte bed. Ons huis was donker. De deur was dicht. Een witte ruit erboven. Hel wit. Het heelal is wit. Johan valt van me af en sluimert meteen. Hij ligt achter een koude, witte wand van glas. Ik voel de angst rond mij sluipen. Koud en wit. Ik word zelf koud. Ik trek een wit nachthemd aan. Is ons kind van die nacht?

'Ik verwacht een kind, Johan. Ik ben bang, Johan.'

'Hallo, Kristien? Wat vertel je, Kristien? Mag Klaas naar huis komen?'

Hij zal het niet horen dat ik zwanger ben. Hij zal het niet willen horen. Klaas... Wie is hij nog? Een ziek kind?

Hij is niet ziek, Kristien. Maar er zijn delen van zijn hersenen onherroepelijk beschadigd. Je moet het aanvaarden, Kristien. We kunnen niets meer doen. We staan machteloos. Klaas... Was hij maar ziek. Toen ik ziek was, hield mijn moeder van mij. Wat was ik graag ziek! Ze kwam me bezoeken, ook op kostschool. Ze zat naast mij. Ik wilde zo graag lang ziek zijn. Ik wilde liever niet genezen. Ze legde haar hand op mijn voorhoofd en ze nam mijn hand in de hare. Nu ben ik nooit meer ziek. Mijn moeder weet dat ik niet ziek ben.

Klaas is niet ziek, Kristien. Klaas is niet ziek, hij wordt dus nooit beter. Hij ligt zo roerloos wit. Leeft hij nog? Ik voel aan zijn voorhoofd. Zijn wit laken gaat op en neer. Hij leeft. Was hij maar ziek. Je kan niet genezen als je niet ziek bent. Wat is Klaas dan wel? Gehandicapt? Invalide? Klaas is vermoord, maar hij is nog niet dood. Hij is diep ongelukkig. Ik zie het dag na dag. Wanneer zal Klaasje sterven?

Het kind in mijn warme buik leeft. Is het gelukkig? Misschien wel... Zoals Klaas was, zoals Eva was. Het weet niets over ons. Het ziet het wit van Klaas' bed niet.

Het witte doodsbed van mijn vader. Met een witte lelie en een witte kaars. Ik was niet bang, ik was boos. Waarom stierf hij? Waarom liet hij me in de steek? Ik haatte hem omdat ik hem zo lief, zo nodig had. Nu is hij alleen nog dat wit marmeren blad op het kerkhof. Als ik het aanraak is het kil en koud.

Als die telefoon binnen vijf minuten niet rinkelt, trek ik de gordijnen open. Ik wil de groene, wuivende kruin van die eik zien. Als ik ze zachtjes wegschuif wordt Klaas niet wakker. Ik kan dat wit niet meer verdragen. Mijn ogen speuren naar kleur. Klaasje draagt een roze pyjama met zeilbootjes in helle kleuren. Ik weet het, maar ik zie hem niet. Tot onder de kin ligt hij toegedekt. Toen ik de stof kocht zei de verkoopster:

'De kinderen houden ervan, want het doet hen denken aan de bootjes op de zee. De kinderen houden van de zee. Ik ken geen enkel kind dat niet houdt van de zee.' Ik zei dat ik ook van de zee hield en verder zweeg ik. Terwijl ze de stof vasthield tussen duim en wijsvinger en de vouw gestrekt langs een houten meter schoof die op de toog vastgenageld was, keek ze me schuin omhoogkijkend aan. Ze wilde de centimeters juist afmeten, maar mijn verklaring over de zee bracht haar even in de war. Ze begon opnieuw met meten. Achteraf vertelde ze hoe fijn het is als je zelf kinderkleren kan naaien. Ze somde alle voordelen op maar ik antwoordde niet. Toen ze de rekening uitschreef op een velletje papier en het uit de metalen lijst scheurde waarin het gevat was, schrok ik op uit mijn droom. Een flitsdroom van zeilen op surfplanken. Als ik nu zeilplanken kon zien huppelen over de golven, zou ik rustig tegen Johan kunnen zeggen:

'Ik verwacht een kind. Je mag Klaasje komen halen. Ik haal Eva af.' Zo. Rustig. Ik wacht. Hij gaat bellen. Hij zal blij zijn. Zoals hij blij was voor Klaas en voor Eva. En als hij blij is, kan ik misschien ook blij zijn. Voor het kind in mijn buik en omdat Klaas naar huis mag. Misschien worden we een gezin dat de mensen vertedert:

'De vader doet erg zijn best om de kost te verdienen. En de moeder, moet je zien hoe ze met haar kinderen omgaat: zo geduldig en zacht met die gehandicapte jongen in zijn rolstoel en ze kan nog vrolijk spelen met dat kleine, ondeugende meisje en daarbij is ze zelfs zwanger. Je kan je niet voorstellen hoe gemakkelijk ze het draagt! En verzorgd dat die kinderen zijn, altijd kraaknet, die man trouwens ook. Uitgaan doen ze niet. Alleen gaan ze soms wandelen met de kinderen. Ze gaan wel niet naar de kerk, maar die mensen verdienen hun hemel zo.'

Straks komt de aalmoezenier nog binnen.

'Sterkte, Kristien. Moed, Kristien. Offer uw lijden aan God, Kristien. Ik zal voor u bidden, Kristien.' Ik hoop dat hij niet komt. Ik zou woedend kunnen worden. In het raampje staat plots het potsierlijke mutsje van de verpleegster. Meteen staat ze voor mij:

'De dokter vraagt nog even bij hem binnen te gaan, samen met uw man, als hij Klaas komt halen.' Haar stem klinkt uit de verte. Ik krijg geen tijd om te antwoorden. De telefoon rinkelt. Ik hoor de verpleegster zeggen: 'Jawel. Ik geef uw vrouw.'

VI

'Je kan dat kind niet houden. Je moet het laten weghalen. Nu het nog niet te laat is. Je hoorde toch dat de dokter in het ziekenhuis ons die raad wilde geven. Voorzichtig, ja. Ze weten nooit hoe mensen reageren. We zaten daar als twee dwazen. Ik viel uit de lucht omdat ik er zo zeker van was dat je de pil nam en jij zat daar maar, zonder één woord te zeggen. Natuurlijk kon die man ons op die manier geen raad geven. Die dokters hebben zo weinig tijd dat ze niet kunnen wachten op de reactie van twee mensen zoals wij, maar ik heb wel begrepen waar hij naartoe wilde...'

'Moet een gezond kind dood voor een doodzieke Klaas?'

'Kind! Kind! Wie spreekt er nu al van een kind? Zou het al één millimeter groot zijn? En wie zegt dat het gezond is? Begin nu niet te vertellen dat je het voelt, want dat kan nog niet. Slik die dwaze vrouwenpraat maar in. Klaas, die is er en we moeten voor hem zorgen. Met Eva erbij heb je je handen vol. Want als je niet meer naar het ziekenhuis hoeft voor Klaas, hoeft Eefje ook niet meer naar Lies en Jef te gaan. We moeten zuinig zijn, Kristien, je weet het. Met twee kinderen kunnen we het wel. Maar met een derde erbij, dat kan gewoon niet. Alleen al de vraag waar het moet slapen! We kunnen ons hier niet draaien of keren met het bed van Klaas, zijn rolstoel en zijn kakstoel. De verpleegster van het Wit-Gele Kruis zei me deze morgen dat we een huis voor gehandicapten konden vragen aan de maatschappij. Je weet wel van die huizen daar beneden aan het pleintje. Alle kamers zijn er gelijkvloers, de deuropeningen zijn er breder dan hier, de badkamer is ruimer en er staat een toilet, net als een troon, op een gemetselde trede. Je kan er overal zonder moeite aan en rond.'

'Je doet net alsof het een hele belevenis is om in zo'n huis te wonen.'

'Doe niet weer zo spottend, Kristien. Maar goed dat die huizen bestaan! Benny woont daar ook. Die jongste broer van hem is gehandicapt. Een waterhoofd en nog zo van alles. Die jongen is al vijftien jaar, maar die kan echt niets. Je zou hem moeten zien: 't is nog een grotere sukkelaar dan onze Klaas. Toen hun ouders stierven, heeft hij zijn broer bij zich genomen. Hij krijgt daar een dikke uitkering voor en hij woont bijna gratis. Zijn vrouw vroeg niet beter dan voor die jongen te zorgen. Ze wilde altijd al verpleegster worden, maar bij haar thuis waren ze ertegen. Benny zei me ook eens na de training - maar wel aan mij alleen - dat ze geen kinderen kon krijgen. Dat blinde meisje met haar witte stok die hier soms voorbijwandelt, woont daar ook in de buurt.'

''t Wordt wel een fijne aangelegenheid, zo alle gehandicapten knusjes bij elkaar.'

'Ik luister niet meer naar je dwaze opmerkingen. De verpleegster zei wel dat er een wachtlijst was en dat we een getuigschrift nodig hebben van de dokter... tenminste als Klaas in het weekend thuis is. Ik zal dat dus doen. Of misschien vraag jij het morgen in Leuven? Je zal ze daar toch weer allemaal zien, de prof, de assistent en de gynaecoloog. Het zal wel geen probleem zijn om dat papier te krijgen! Je noemt die assistent toch bij zijn voornaam. Hoe jij "Luc" uitspreekt! En hoe hij naar je kijkt... Dat heb ik toch gezien, alhoewel ik net blind was. En doof. En toch heb ik die "Luc" uit jouw mond gehoord. Weet je wel dat het het enige woord is dat je uitsprak? 't Is pas later dat ik het besefte. Toen de dokter me zei: "Uw vrouw is zwanger, meneer Put," was ik van de hand Gods geslagen. En 't is mijn fout niet. Waarom nam je de pil niet meer? Maak me niet wijs dat je ze toevallig vergeten was! Vroeger begreep ik je al weinig, maar nu begrijp ik je helemaal niet meer! In alle geval, het is aan jou om het op te lossen. Zeg maar tegen die heren dat je een abortus wil. Die mooie Luc die je zo goed schijnt te begrijpen zal die klus wel klaren...'

'Je bent gemeen. Je bent een lage gemenerik. Een smeerlap, ben je! Smerige smeerlap!'

'Wie roept hier nu? Gisteren moest ik stil praten want Klaas begreep ons misschien en Eva mocht niet wakker worden. En nu sta jij te brullen als een bezetene. Mijn pa ging fietsen als ma tegen hem uitvloog, ik ga even joggen, misschien is het straks over!'

Ik sluit mijn ogen. Ik wil die angstige blik van Klaas niet meer zien. Hij keek naar de mond van Johan zolang die sprak. Heel schuw flitste zijn blik af en toe in mijn richting en ik zag zijn handen lichtjes beven. Ik glimlachte naar hem als Johan het niet zag. Waarom stond ik niet recht en reed met hem naar buiten? In de zon. De straat naar beneden, onder de blikken van de buren in hun voortuintje of achter hun gordijntjes? Eefje sliep toch rustig boven... Ik kon het niet. Ik was bang. Heel erg bang. Voor Johan. Voor Klaas. Voor mezelf. Ik wilde schreeuwen. Ik kon niet. Ik voelde een enorme spanning. Een zindering door mijn voorhoofd. Razendsnel schoot ze door heel mijn lijf. Tot ik ging brullen. Heel hard brullen.

Nu is Johan weg. Wanneer komt hij terug? En hoe? Dronken. Heel zeker dronken. Het zal nooit meer veranderen. Ik durf mijn ogen niet open te doen. Dan zie ik Klaas met zijn verdriet. Pijn. Lege, holle pijn voel ik. Eva... Mijn moeder komt haar straks halen. Morgen gaan ze samen naar de dierentuin. Heel vroeg. Met de trein. Eefje klapte in haar handjes en ze lachte uitgelaten toen ze het hoorde. En mijn moeder zeurde niet. Eva is vrolijk bij Lies en Jef. Ze huilt nooit als ik haar wegbreng. Ze wuift me niet uit. Met mijn moeder wilde ze meteen mee. Ze lachte al naar de apen en ze griezelde bij de slangen, toen moeder het woord 'dierentuin' nog maar uitsprak. Bij mij is ze ernstig. Sinds Klaasje hier is, lacht ze niet meer naar mij. Ze is bang. Gisteren was ze bang voor de rolstoel, voor het bed, voor de toiletstoel. Ik gooide haar speelgoed in de enige hoek die nog vrij is, naast het raam. Ze stampte, ze krijste, ze rolde over de grond. Johan gaf haar een pak slaag en sloot haar op in de keuken. Ik hoor haar hoofdje nog tegen de deur bonzen. Als verlamd bleef ik zitten. Zoals daarnet. Weggezonken. Ik kan dat kind niet meer beschermen. Laf ben ik. Moeder mag haar hebben. Moeder gaat met Eva op stap. Morgen al. Mijn leven is een flop. Een flop met Johan. Met Klaas. Ook met Eva. Ik deed gisteren de keukendeur niet open. Ik nam haar niet in mijn armen om haar te sussen, om haar alles uit te leggen. Ze snikte nog in haar bedje voordat ze insliep. Korte ademhalingen langs de neus met een rauwe zucht ertussen. Ik luisterde maar kon niet verroeren. Ik ben een laffe moeder. En dat kind in mijn buik. Ik voel het niet. Ik voel niet dat het een kind is. Een embryo. Een lelijk woord. Leeft een embryo? *Dat embryo kan er nog uit.* Wie zei dat? Johan niet, Johan gebruikt zo'n woord niet. Dit is ziekenhuistaal. Wie zei dat in het ziekenhuis? Ik weet het niet. Ik weet het niet meer. Ik wil het niet meer weten. Er is aan mij niets te merken van die baby. Ik weet dat hij er is. Ik ben anders sinds ik weet dat hij er is. Ik kan niet meer. Ik kan echt niet meer. Alleen braken kan ik nog. Misschien is een abortus het beste. Waarom zou ik een kind geboren laten worden? Om in die mist zonder opklaringen terecht te komen? Ik wil zelf in de mist verdwijnen. Zoals die keer in Oostduinkerke. Op het strand. In oktober. Ik was in verwachting van Klaas. Mijn moeder vond dat ik er niet goed uitzag. Ze nam me mee naar zee. Johan gaf meteen toe toen ze zei: 'Kristien heeft rust nodig. Ik zie dat. Ze is veel te erg gespannen. Met mij aan zee zal ze wel ontspannen. We moeten aan de bevalling beginnen te denken.' Johan gaf aan alles toe wat goed zou zijn voor mij. Ook aan mijn grillen. Het leek of hij bang was voor mijn toestand. Mijn vrouwenlichaam met een kind erin werkte beangstigend op hem. Hoe dikker mijn buik werd, hoe minder dicht hij bij mij kwam. Als hij naar me keek, kon hij zelfs geen erectie meer kijgen. Hij herhaalde vaak: 'Ik begrijp het niet. Om zoiets te begrijpen, moet je zelf een vrouw zijn.' Ik begreep niet wat hij ermee bedoelde. Ik had hem liever anders gewenst, maar ik was de eerste keer zwanger en wist ook niet wat het beste was, hoe de zwangerschap zou verlopen, en de geboorte. Mijn moeder deed alsof ze alle mysteries kon ontsluieren, maar enkel onder vrouwen alleen. Ik ging mee. Ik ga zo graag naar zee. Moeder bedelft me onder zorg en aandacht. De derde dag van ons verblijf stikte ik al. Ik duwde haar van me af. 'Je bent ondankbaar, Kristien. Je weet dat ik hier naartoe kom voor jou. Ik heb er niets aan in oktober op die mist aan te kijken! Je maakt het me niet gemakkelijk. Je hebt het me nooit gemakkelijk gemaakt!' Ik sloeg de deur dicht. In de lift trok ik mijn anorak aan die ik meegegrist had. Ik kon de rits over mijn buik nog nauwelijks toetrekken. In de spiegel zag ik mijn gezicht met donkere kringen onder mijn ogen. Ik schrok. Voor 't eerst merkte ik dat er scherpe lijnen rond mijn mond zaten. Op de dijk voelde ik de mist helemaal rond me plakken. Ik ging rechtdoor naar het water toe.

‘Mijn oom pleegde zelfmoord. Op een mistige dag in oktober stapte hij vanaf het strand de zee in. Hij ging altijd rechtdoor... tot hij verdween. Zijn lijk is later aangespoeld.’ De stem van een klasgenote. Jaren geleden. Altijd rechtdoor.

Altijd rechtdoor. Een boei loeide. Ik stapte op een roodachtige zandrug zonder één voetspoor. Altijd rechtdoor. Ik voelde harde ribbels onder mijn schoenzolen. Grijszwarte kommetjes met een bodem van water. Tussen mijn ogen en mijn voeten slierten natte lucht. Ik stak mijn handen in mijn zakken en ik rilde. Rilde het kind in mijn buik ook? Altijd rechtdoor. Waar is de zee? Ik hoorde niets. Niets. Weer dat geloei. Vanwaar kwam het? Ik kon niet zeggen vanwaar het kwam. Ik draaide links. Ik draaide rechts. Het geloei kwam van alle kanten. Ik telde mijn stappen. Een, twee, drie, vier, vijf... tot twintig. Als ik rechtdoor ging kon ik niet anders dan aan de waterlijn komen. Stapte ik nog rechtdoor? Of draaide ik rond? Ik werd bang. Ik zou allang aan de zoom van het water moeten zijn. Altijd rechtdoor. Als ik rechtsomkeer maakte en mijn voetsporen volgde, kwam ik terug op de dijk. Ik bedaarde. Ik vond mijn voetsporen niet. Hoe kon dat? Ik zocht. Ik draaide en keerde. Waar was ik? Altijd rechtdoor. Altijd rechtdoor. Ik wilde hollen, maar mijn buik woog te zwaar en het natte zand zoog aan mijn schoenen. Als de zee opkwam kon ik misschien niet meer tot aan de dijk komen: er zijn heel diepe geulen op het strand. Ik stapte sneller, sneller en ik rilde. Bij het volgende geloei van de boei schreeuwde ik zeer luid. Plots hoorde ik hamers op spijkers in planken slaan. Heel duidelijk. Ik spitste mijn oren. Ik besefte waar het geluid vandaan kwam. Ik bedaarde. Bij iedere korte stilte was ik bang dat het heldere geklop niet terug zou komen. Het bleef helder slaan. Ik stapte sneller. Opeens zaten mijn voeten in het mulle zand. Daar was de dijk. Ik liep op de dijk die glimmend nat en donker was. Ik kwam weer binnen. Bij de kachel hielp moeder me mijn natte schoenen uittrekken.

Ik doe mijn ogen open. Klaasje kijkt me aan. Zijn plaid is van zijn benen geschoven. Ik sta op en steek de doek zachtjes onder zijn knieën. Als ik zijn haar streel, houdt hij zijn hoofd schuin om mijn hand op zijn wang te voelen. Ik ga in de keuken huilen.

VII

'Ik ben het weer. De weduwe die het moeilijk heeft met haar dochter. Die dochter met twee kinderen. Het oudste kind is gehandicapt na een ongeval. Weet u het nog? En ze is weer in verwachting. Haar man plaatst broodautomaten...'

'Jawel, mevrouw. Ik kan het me herinneren. In ons laatste gesprek zei u dat u aan uw dochter zou voorstellen om op uw kleindochtertje te passen. U was het toch?'

'Ja. U heeft het goed onthouden. En daarover gaat het juist... Ik wilde nog wachten met bellen, maar ik kon niet meer. Toen ik de kleine ging halen ben ik bang geworden. Bang voor mijn dochter. Ze deed vreemd. Ik was zo ongerust dat ik erover sprak met mijn zoon. Hij luisterde maar half en hij zei: "Je kent Kristien toch. Ze doet nooit helemaal normaal. Morgen is ze weer anders. Je kunt er geen staat op maken." En hij was de deur uit.'

'Ik onthoud vooral dat u belt, omdat u bang bent voor uw dochter. Waar komt die angst vandaan dan?'

'Ik zal het u allemaal vertellen. Wel, Kristien is dus zwanger. Om haar te helpen, uit medelijden zou ik zeggen, ging ik Eefje ophalen om samen naar de dierentuin te gaan. Eefje is mijn kleindochter. Misschien ook omdat Eefje zo'n lief, mooi kind is, en misschien ook omdat ik graag eens naar de dierentuin ga. Ik ging het kind thuis afhalen. De deur was niet op slot (dat gebeurt meer bij Kristien) en Klaas zat in de woonkamer. Alleen. Ach, ja. Ik vergat te zeggen dat Klaas een weekend naar huis mocht komen. Op proef. Mijn zus had dus wel gelijk toen ze zei dat hij niet in het ziekenhuis zou mogen blijven. Ze kunnen daar toch niets meer doen. Hij is en blijft gehandicapt. Ik heb mij daar allang bij neergelegd. Johan ook. Allee, dat denk ik toch. Hij is wel beginnen drinken na het ongeluk. Ik weet niet of dat er iets mee te maken heeft... Maar Kristien! Kristien die kan niets in 't leven aanvaarden. Of beter gezegd: ze wil niets aanvaarden. Daarom heeft ze van alles voor. 't Was zo met de dood van mijn schoonmoeder: haar bomma mocht niet dood zijn. En later met haar papa nog eens. Ze werd kwaad op hem omdat hij gestorven was, omdat hij haar in de steek had gelaten! Ja, dat durfde ze te zeggen. Niet tegen mij, natuurlijk, maar tegen de meid. Je weet wel: verleden keer sprak ik nog over haar. Enfin, ik vertel voort. Klaas zit daar sukkelachtig in zijn rolstoel voor zich uit te staren. Hij zag me zelfs niet. Ik vond het zo akelig stil in huis. Ik duw de keukendeur open. En daar heb ik de schrik te pakken gekregen. Kristien zit op de grond. In een hoek van de keuken. Precies onder 't raam. Ze had haar knieën omhooggetrokken met haar armen errond. Haar donker haar hing tussen haar benen. Ik riep: "Maar Kristien toch!" Ze keek niet op. Het kan toch niet dat ze me niet hoorde. Ik stond voor haar. Ik schudde aan haar schouder. Hoe ze me toen bekeek! Ik vergeet het nooit meer. 't Was net of ze uit een andere wereld kwam. Ik was bang. Bang voor mijn eigen kind. Kunt u dat geloven? Als ik het vertel ben ik nog bang. Ik wist niet wat ik moest doen. Ik kon niets zeggen. Ik wilde naast haar gaan zitten. Haar in mijn armen nemen. Zoals een klein kind. Maar plots sprong ze recht en ze zei: "Ik voelde me onwel. 't Is van die zwangerschap." Maar ik hoorde dat ze loog. En ik zag het ook. "Johan is even buiten, maar die komt zo terug," zei ze nog. "En Eva slaapt nog boven. Wil je een kop koffie, mama?" Alles zo vlug na elkaar. En ze wreef haar haar uit haar gezicht. En ze trok haar rok naar beneden. En ze kreeg het gedaan om te glimlachen. Maar het was een krampachtige glimlach. Dat zag ik goed. Op dat moment werd ik mijn hart gewaar. Echt waar, een mens kan dat zo hebben. Dat je je hart gewaarwordt tot in je rug. Zo was 't!'

'Dat moet pijn doen als u voelt dat uw kind zich voor u afsluit.'

'Ja, maar ik heb haar nog eens zo gezien. Met zo'n glimlach die door merg en been sneed. Maar ze was veel jonger. Die keer dat ze van school weggelopen was! Dat moet ik u nog vertellen. Ze was een jaar of dertien. Ik dacht dat ze graag op kostschool zat. Ze kwam met goede rapporten thuis en ik hoorde over haar niet klagen. Ik was gerust. En toen plots kreeg ik een telefoontje van de school. Of Kristien thuis was? Ik schrok. Ik weet het nog alsof het gisteren gebeurde. 't Was middag. Ik stond af te wassen en ik nam de handdoek mee tot aan de telefoon. Om mijn handen aan af te drogen. Ze was 's morgens niet in de les. De lerares had haar als afwezig opgeschreven. Maar in de speeltijd vertelde een vriendinnetje aan de zuster dat Kristien niet in de klas zat. Toen zijn ze gaan zoeken. Eerst in haar kamer. Haar bed was opgemaakt. En toen overal! Er kan nogal wat afgezocht worden in een kostschool! Van in het klokkentorentje van de kapel ('t schijnt dat ze daar wel eens naarboven klauterde, al is 't bijna niet te geloven, maar wat doen zulke kinderen niet om zich te amuseren) tot achter de gordijnen van het toneel (daar ging ze zich soms ook verstoppen). Zij heeft me dat niet verteld, hoor. Als ze terug was, vernam ik het van de directrice. Maar ja, 't was wel te laat. Ze was al weggelopen. Ik had liever gewild dat ze met mij gesproken had, vóór Kristien wegliep. Maar allee, een mens zou het zo dikwijls anders gewild hebben.'

'Uw dochter was dus niet thuis. Wist u waar ze was?'

'Neen. Dat maakte het zo erg. Er zijn meer kinderen die van school weglopen. Maar die gaan naar huis. En Kristien was niet thuis. Ik durfde het bijna niet te zeggen dat ze hier niet was. Volgens de zuster kon ze alleen buiten geraakt zijn toen de externen binnenkwamen (want er zijn - allee er waren - in die school ook externen). Er was daar toen nogal beweging aan de poort en omdat ze een uniform droegen, was 't wel mogelijk dat ze ontsnapte zonder dat ze het zagen. Ondertussen hadden ze gemerkt dat haar blazer ook weg was, en haar tas. Waar kon ze zijn? Ze kon al ver zijn. Ik wist niet wat ik moest doen. Paul bleef 's middags eten op school. Ik direct naar de broer van Theo. In de zaak was 't zeker nog rustig. 't Was zacht weer, zoals vandaag, zie. Met vallende bloemblaadjes van Japanse kerselaars op straat. Precies zoals de processie van vroeger. Waarom ik dat daar nu bij zeg, ik vraag het me af. Ik denk omdat ik alles zo helder voor mij zie.'

'Doet het u goed er zo in detail over te spreken?'

'Och ja, want door die kleine dingen komt het allemaal terug. En ik denk dan soms: 't zal nooit goed gaan met Kristien. Als je durft aan te nemen dat ze rustig is, dat ze leert zich een beetje te gedragen, dan komt er altijd wel een verrassing. Zoals toen!'

'Heeft u haar dan gevonden?'

'Mijn schoonbroer zag wel dat er iets was. Ik was buiten adem want ik had gelopen. Dat is helemaal mijn gewoonte niet. Ik vertelde wat ik wist. Hij zei direct: "Die is naar zee." Ik zei:

"Ben je daar zo zeker van?" Hij antwoordde: "Als je Kristien een beetje kent, dan weet je dat die naar zee trekt, als ze 't niet meer ziet zitten." "Hoe? Als ze 't niet meer ziet zitten?" vroeg ik. "Maar Jeanneke toch," zei hij, "was 't voor jou altijd zo mooi roze toen je een jong meisje was?" "Een jong meisje," zei ik, "ja, maar ik had geen moeder meer. En ik ben nooit van huis weggelopen." "En zij heeft geen vader meer... en ze zit op kostschool," zei hij. Hij was er erg tegen dat Kristien op kostschool zat. "Bel maar naar de 'syndic' van Oostduinkerke. Ik durf te wedden dat ze daar zit. Je kent Kristien toch. De zee, da's haar troost. Daar is ze gelukkig. Onze moeder wist dat al. Je ziet dat het zo zal blijven met Kristien. Of wil je dat ik telefoneer? Ik ben veel kalmer." En mijn schoonbroer deed het. Ik zag direct aan zijn gezicht dat ze daar was. Ik hoorde hem zeggen: "We komen zo vlug mogelijk." Ik zei: "Wat ben je van plan?" "Daarheen rijden," zei hij. "Of zie je Kristien daar alleen in dat appartement deze nacht?" Hij verwittigde de secretaresse dat hij vertrok. "Moet jij nog naar huis of ga je zo mee?" vroeg hij aan mij. Ik twijfelde. "Kom maar zo mee," zei hij. "'t Is toch mooi weer." Hij belde nog naar zijn vrouw om te zeggen dat ze Paul ook moest meenemen als ze de jongens ging halen om vier uur, in 't college. En wij weg. Onderweg vroeg ik of we de school van Kristien niet zouden verwittigen. "Ze kunnen wel wachten tot deze avond of tot morgen," zei hij. Hij was ook kwaad op de school. Ik zei verder niets meer. Maar gedurende de lange rit bleef hij bezig over Kristien. Ik had dat kind niet in een kostschool mogen stoppen! En ik zag nu wel wat er gebeurde! Kristien had haar moeder nodig. En die astma die ze kreeg, dat kwam ook door die kostschool! Want er waren geen andere astmalijders in de familie. En die uitleg over allergieën, dat was maar praat. Aan zee heeft ze nooit een crisis gehad. En zolang bomma en Theo leefden ook niet! Was dat niet het bewijs? En nu dat weglopen. Je loopt toch niet weg als je ergens graag bent! Enzovoort. Enzovoort. Ik zei nog: "Als weduwe heb ik het ook niet gemakkelijk." Maar hij antwoordde: "Jij bent volwassen en zij is een kind." Ik vroeg hem om te zwijgen. Ik dacht: dat heb ik niet verdiend. Maar ik zei het niet. Ik zei alleen: "We zullen er morgen eens over spreken." Toen zweeg hij ook. Allee, hij sprak alleen nog over de dingen die onderweg al eens gezegd worden: over 't weer en over de auto's die voorbijreden en over de zaak en zo."

'Was ze in uw appartement aan zee?'

'Wel nee. Ze was beneden bij de 'syndic'. Hij durfde haar de sleutel niet te geven. Zo 'n kind alleen in dat lege appartement, dat wilde hij niet riskeren. Gelukkig maar! Wie weet wat ze zou uitspoken.'

'U was blij toen u haar terugzag, zeker?'

'God, ja. Maar ze deed net zoals nu bij haar thuis. Ja, dat wil ik eerst nog zeggen: ze vloog in de armen van mijn schoonbroer, al kwam ik als eerste binnen. Dat heeft me getroffen! Maar ik dacht toch direct: 't kind heeft geen vader meer. Ik had het al meer dan eens ondervonden dat ze het voor mijn schoonbroer had. 't Is daarbij ook nog haar peter. U zult dikwijls zien dat kinderen veel voelen voor hun peter of hun meter. Ik weet niet hoe het komt, maar 't is toch dikwijls zo. Over de schouder van haar peter keek ze naar mij. Met die blik uit een andere wereld. Toen was ik ook bang. Net zoals nu. Maar het ging vlugger over. Ze werd zelfs blij. Blij om ons te zien. Zo van: jullie hebben toch over me ingezeten, jullie komen me toch zoeken. Ik pakte haar in mijn armen en ik zei: "Kristientje toch. Je mag je mama niet zo ongerust maken. Je mag dat nooit meer doen, zo weglopen!" En we huilden alle twee. Tot mijn schoonbroer vroeg of ze geen honger had. We zijn iets gaan eten in Veurne. 't Is nog wel een heel feest geworden. We waren voor het donker terug in Oostduinkerke. Kristien wilde gaan wandelen op het strand. Mijn schoonbroer ging met haar mee. Ik ben op de dijk blijven wandelen, want ik had mijn goede schoenen aan en daarmee kon ik toch niet in het zand lopen.'

'Heeft ze verteld wat ze wilde zeggen met dat vluchten?'

'Ze wilde zo graag naar zee, zei ze. En ze verveelde zich op kostschool. Maar ik vroeg haar niet veel. 'k Was blij dat ze terug was. Wat ze aan mijn schoonbroer verteld heeft, weet ik niet. Maar het zal wel niet erg geweest zijn, want ik zag ze lachen en spelen en lopen op het strand. Toen we naar huis reden, viel ze tegen mijn schouder in slaap. Ik zat achterin naast haar. Ik heb haar dan neergelegd met haar hoofd op mijn knieën. 't Was net een engeltje. En toen had ik weer zin om te huilen. Mijn gemoed schoot ineens vol. Zo was het ook toen ik bij haar was om Eefje te halen. Maar nu vind ik het toch nog erger. Ze zit daar met dat kind in zijn rolstoel. Met Eva. En dan nog in verwachting. Enfin, ik heb haar toen we van zee thuiskwamen bij mij thuis laten slapen. Paul was verwonderd dat zijn zus thuis was. 'k Heb hem niet te veel uitleg gegeven. Mijn schoonbroer verwittigde de school en de volgende dag vertrok Kristien. Want je mag toch niet toegeven aan die gekke kuren van je kinderen. Toch niet als je ze een goede opvoeding wilt geven. Dus, Kristien terug naar Leuven. Onderweg was ze heel stil. En toen ik vertrok, was 't ook maar stilletjes. Het zal een les geweest zijn voor haar.'

'Denkt u dat ze het zo begrepen had?'

'Ze is toch nooit meer van school weggelopen.'

'U zei dat u in haar blik nú hetzelfde herkende als toen. Wat was het voor u?'

'Ik zei het al. Ze kwam uit een andere wereld. Een wereld zonder hoop, of zo. Haar ogen zeiden: "Laat me niet alleen." Ik kan het moeilijk uitleggen. Het duurt ook niet lang. Deze keer en ook daar aan zee, doet ze onmiddellijk weer gewoon. Zoals nu in de keuken: ze sprong overeind en wilde koffie zetten. En toen aan zee was ze echt blij ons te zien. Ik ben zo bang van die blik, dat ik blij ben dat het overgaat. En dan spreek ik er niet meer over. Zeker niet met haar. Maar ik wil niet dat ze me nog eens zo aankijkt. Net of ze me iets verwijt... Ik heb me anders niets te verwijten. Allee, ik denk toch van niet. Ik weet wel dat mijn schoonbroer daar anders over denkt. Nu niet meer. Maar vroeger wel. Toen dacht hij dat hij nog iets te zeggen had over de opvoeding van mijn kinderen. Vooral over Kristien kon hij zeuren. Over Paul niet. Nu werken die twee samen. Er vallen wel eens woorden - waar gebeurt dat niet? -, maar de zaak draait toch goed. Vanaf het moment dat Kristien met Johan begon te lopen, zat hij over haar niet meer in. In 't begin wel. Oei, oei, oei, ja! Dat was geen jongen voor Kristien. En ik moest me ertegen verzetten. En ze kon toch beter vinden dan dat. En hij had ze zien voorbijrijden op een motorfiets met haar billen bloot! Ik was dat allemaal zo moe... En Kristien was zo onhandelbaar dat ik haar haar gang liet gaan. Negentien was ze toen ze trouwde! Maar ja, dat wil eigenlijk niks zeggen. Er zijn er die trouwen als ze dertig zijn. Geen garantie natuurlijk want er zijn er die trouwen als ze achttien zijn en het gaat wel goed! Trouwen is dikwijls een kat in een zak kopen... Ze waren wel erg verliefd alle twee. Zo wriemelen aan mekaar, kusjes geven en handjes vasthouden. Altijd bij elkaar. En je ziet nu wel: hij was weer weg toen ik daar kwam, Kristien zat ineengekrompen van ellende in die keuken. En die sukkelaar van een Klaas daartussen! Gelukkig dat Eefje boven sliep!'

'Bent u dan toch met uw kleindochtertje vertrokken?'

'Wel ja, maar ik heb gewacht tot ze wakker werd. Een kind wakker maken, dat doe ik nooit. Ik kan dat niet. Ik ben daar toch nog een hele tijd gebleven. Johan is niet teruggekomen terwijl ik er was. Misschien heeft hij mijn auto zien staan en is hij niet binnengekomen. Want hij ziet liever mijn hielen dan mijn tenen.'

'Hoe komt het dat u dat zegt? Zegt hij dat?'

'Neen. Natuurlijk niet.'

'Zegt uw dochter dat over hem?'

'O, nee. Kristien zegt nooit een kwaad woord over haar man. Daarvoor is ze te trots! Zo van: wie zijn neus schendt, schendt zijn aangezicht. Van mij zal ze ook nooit kwaadspreken. Daar ben ik zeker van. Van niemand van de familie... Maar ik voel dat Johan het niet zo erg voor mij heeft. Om te beginnen ben ik zijn schoonmoeder. Een schoonmoeder blijft een schoonmoeder. Draai of keer het hoe je wilt. Dat is zo. En daarbij: hij weet wel dat ik weet dat hij te veel geld verbrast heeft... en dat hij drinkt. Mensen die drinken geven dat nooit toe. Hij ook niet. Ofwel is 't: "Bij ons thuis kunnen ze allemaal tegen een stevige pint." Ofwel: "Je bent geen man als je geen pint kunt pakken." Ofwel: "Ik kan toch niet neen zeggen als de bakkers me trakteren." Ik ken zijn uitleg.'

'Maakt u soms aanmerkingen over zijn drinken?'

'Ja, natuurlijk. Ik mag dat toch zeker wel doen, als ik zie dat hij mijn dochter ongelukkig maakt en geld verbrast! Och, ik heb het allemaal voorspeld toen Kristien met die mooie flierefluiter thuiskwam. Niet dat hij van een deftige familie hoefde te zijn... of gestudeerd moest hebben. Ik ben ook maar van gewone afkomst en studies heb ik ook niet gevolgd. Kristien heeft haar school vlug opgegeven voor hem. Ze wilde regentes worden - technische regentes, heette het in die tijd. En ze was op de goede weg. Maar ze had hem nog maar een keer gezien, en de studies waren al vergeten! Zij die altijd zo ernstig was... Je ziet dat wel vaker bij serieuze meisjes. Bij 't minste draaien ze dol. Ik weet zelfs niet waar ze Johan ontmoet heeft, maar ze was nog maar thuis van de kostschool, of hij stond er. Hij hoefde niet te bellen, Kristien hoorde zijn motorfiets... en ze was de deur uit. Ik dacht eerst: dat gaat wel over. Ze was zeventien jaar. Mijn zus gaf me de raad: "Als je zegt dat je ertegen bent, dan duw je haar in zijn armen, want dan is hij de enige die haar begrijpt enzovoort. Je kent dat." Ik liet haar dus maar doen. Ook een beetje omdat Paul zei dat Johan een toffe gast was. In zijn ogen, natuurlijk. Wat denkt u? Een zware motorfiets, een jeans en een leren jekker. Toen ik hoorde dat hij een bakkersknecht was, dacht ik: hij wordt misschien zelf bakker. Een mooi beroep. En als het een werker is, kunnen ze misschien later een eigen bakkerij openen. Ik draaide bij zonder dat ik het zelf goed wist. En omdat mijn schoonbroer zo lelijk deed, was ik er minder tegen. Voor hem - zoals voor allemaal in de familie van Theo - zijn er sommige mensen te min, vooral als ze geen diploma hebben. Een diploma! Ik weet wel dat het iets betekent. Maar Theo had zelf ook geen diploma van de universiteit. En toch was hij hier in Halle een zakenman zoals er niet veel zijn!'

'Hebt u uw schoonzoon dan leren kennen?'

'Ja, uiteindelijk wel... en omdat het bleef duren, heb ik haar gezegd: "Vraag Johan dan toch eens binnen." Ze was er precies niet gelukkig mee. Maar ik vroeg het ook omdat mijn schoonbroer me verteld had dat je ze in het weekend overal zag rondhangen in de stad en op de autosnelweg rijden als zotten... Ik was kwaad. Was 't met zijn eigen kinderen dan allemaal zo dik in orde? En het ene woord bracht het andere mee. En we maakten ruzie. Tot hij zei: "En als ze zwanger wordt, wat dan?" Daar stond ik paf van. En ik dacht: 't zou kunnen. Zoals ik ze zag, zou 't kunnen. Ik heb dan mijn moed bijeengeraapt en aan Kristien gezegd dat ik eens met haar wilde spreken. Eerst lachte ze. Maar toen ze zag dat ik niet kwaad was heeft ze toch geluisterd. Ze was zelfs vriendelijk tegen mij. En ze sprak me niet onmiddellijk tegen. Dat gebeurt niet dikwijls. Als Kristien ernstig kijkt dan is ze mooi. Zo mooi als die keer dat ze op mijn schoot lag in de auto. Ze zei dat ze Johan graag zag, hij haar ook en dat ze eraan dachten te trouwen. Niet zo direct. Maar 't was geen bevlieging. Ze voelde zich zalig bij Johan en hij bij haar. God, 't is altijd hetzelfde bij die jonge mensen. We weten het. En we laten ons toch vangen. Ze zag er zo oprecht uit. Zo eerlijk. En zo was het ook, denk ik. In die tijd zag ze er ook gelukkig uit. En ze lachte! Ik kan u verzekeren dat het iets wil zeggen als Kristien lacht! Dat gebeurt zo weinig dat ik het onthou als ze het doet. Omdat ik zag dat Johan haar goeddeed, heb ik ze ook laten trouwen. Maar wat ik van mezelf niet begrijp - nu nog niet, nu vooral niet, zou ik zeggen - dat is dat ik ermee akkoord ging dat ze haar studies opgaf. Hoe ik zoiets kon toelaten? Ja, ik heb altijd tegen iedereen gezegd: "Een vrouw hoeft voor haar man niets op te geven; je moet ervoor zorgen dat je niet van een man afhankelijk bent!" En hups, met mijn eigen Kristien is 't gebeurd. Was ik heel dat gedoe moe? Dacht ik: laat ze maar trouwen, dan ben ik van die zorgen af. Ik weet het niet. Toen ze vroegen om te trouwen heb ik toch eerst tegengestribbeld dat ze zo jong waren en nog niets van de wereld gezien hadden. Maar het lukte niet. Op alles hadden ze een antwoord. Tot ik tenslotte zei dat Kristien toestemming moest vragen aan haar voogd omdat ze minderjarig was.'

'Was haar man ook minderjarig?'

'Nee. Die was tweeëntwintig toen ze trouwden. Hij had zijn militaire dienst gedaan. Ja, ja, voor hem was 't allemaal in orde. En hij had al heel wat geld bijeengespaard. En hij dacht er ook aan een eigen zaak te beginnen. Die eigen zaak, dat klonk als muziek in mijn oren! 't Was dus geen luierik. Ik dacht al aan een deftige patisserie in de stad. Johan in 't bakhuis met een paar knechten en Kristien achter de toog, met diensters in 't zwart met een wit schortje. Ik ging zelfs zo ver dat ik dacht dat Kristien de erfenis van haar vader in die bakkerij kon investeren. Kunt u dat geloven? Na de motorfietsen kwamen de auto's. En hij ging 's avonds laat uit met zijn baas. Zo'n kerel die gek was op die machines. En een bakker moet 's morgens vóór dag en dauw op. En Johan kon niet meer uit zijn bed. En daarbij hadden ze een huis gebouwd. Een lening met de erfenis van Kristien als onderpand. Het heeft niet lang geduurd. Vijf jaar waren ze getrouwd toen het ongeval gebeurde... Maar ik loop op de zaken vooruit. Ik vertelde over de toelating om te trouwen. Ze zou haar peter erover aanspreken. Ik dacht: nu komt de kat de koord op! Maar neen, de broer van Theo ging akkoord. Zomaar. Pardoes. Daar stond ik. Wat kon ik nog zeggen? Ja, als een mens het allemaal vooraf wist...'

'Aanvankelijk was hun huwelijk toch goed?'

'Wat kan een mens daarvan zeggen? Een moeder weet het niet altijd. Zelfs niet van een "gewone" dochter, laat staan van iemand zoals Kristien.'

'Heeft u haar nog gezien toen u terugkwam van de dierentuin?'

'Wel, neen. Nog zoiets. Ik ga met de kleine een hele dag op stap en betaal alles: het toegangsbewijs van de dierentuin, een zakje nootjes voor de apen, 's middags een sandwich en een glas limonade en dan nog een ijsje om vier uur. Op mijn leeftijd is zoiets bovendien vermoeiend. We komen bij Kristien aan, 't was al donker. Het licht gaat aan. Johan komt naar buiten. Hij neemt Eva in zijn armen. Ze was in slaap gevallen met haar aapje in haar handjes. Ik had ook nog zo'n pluchen beestje gekocht. En hij gaat naar binnen, zonder te bedanken! Zelfs geen vraag of ik nog binnenkom! Niks. Aan de deur draait hij zich om en zegt: "Tot later, hé." Ik stond paf. Kristien heb ik niet meer gezien. En 'k ben er niet meer naartoe gegaan. Ze zal zelf wel komen... Ik ken haar. Maar het is nu wel al dagen geleden en ik word weer ongerust. 's Avonds, in mijn bed, denk ik soms: zou ze weer naar zee gevlucht zijn? Maar met twee kinderen is dat onmogelijk, denk ik er dan bij. Alhoewel... Kristien deinst nergens voor terug.'

'U blijft bezorgd om haar. Zou ze dat weten?'

'Ik weet het allemaal niet meer. Ik begrijp er ook niets meer van. Ik heb dat toch niet verdiend. 'k Heb voor mijn kinderen altijd hard mijn best gedaan. Het zou anders moeten zijn. Ik weet het echt niet meer... Goedenavond, mevrouw.'

VIII

'Reserveer ik een weekend in Erperheide?'

'Denk je echt dat mijn hoofd staat naar een recreatiepark, of hoe noem je zoiets?'

'Een beetje ontspanning zou ons allemaal deugd doen.'

'Ons, zeg je. Welke grote inspanning heb jij de voorbije week geleverd zodat je nu al aan rust toe bent?'

'Dit is weer typisch iets voor jou. Je bent humeurig en prikkelbaar. Misschien omdat je een kind verwacht. Je geeft me alleen rare antwoorden... of je spot. Daarin ben je heel, heel sterk. Dat heeft toch niets met je zwangerschap te maken? Jij wil me alleen maar vernederen. Ik, ik wil vriendelijk zijn. We moeten met Klaas naar buiten komen. Eefje is dol op waterglijbanen. En daarbij: ik gun mezelf ook iets. Maar neen, jij wil iets anders. Jij hebt andere wensen... of geen wensen. Of wensen voor jou alleen. Zoals met het kind. Jij hebt beslist het te houden. Jij wijst elke hulp af, maar ik wil je helpen, Kristien. Begrijp je dat dan niet?'

'Je wilt me helpen? Je denkt dus dat je me helpt met een weekend naar Erperheide? Een wel zonderlinge hulp in mijn toestand.' Ik stop met het afruimen van de tafel. De vieze borden met besmeurde vorken en messen beven in mijn hand. Johan kijkt ernaar. Hij ziet dat ik beef, dat ik zwak ben. Ik wil niet dat hij ziet dat ik zwak ben.

'Je zou me beter helpen met afruimen.'

Hij neemt de vuile borden in zijn linkerhand, draait snel om mij heen, omarmt me met zijn rechter en trekt me tegen zich aan. Ik zet een stap achteruit. De borden kletteren op de grond. Het geluid van de vorken en messen tegen de stenen vloer zindert nog lang na. Johan vloekt.

'Mag ik nu mijn eigen vrouw niet meer kussen? Van wie is dat kind in je buik? Van mij toch zeker?' Johan schreeuwt. Hij stapt over de scherven, zet de radio aan, bromt '*There ain't no cure for love*' mee en ploft in een zetel neer. Ik veeg de scherven samen. Het knarst afschuwelijk. Nu ril ik over mijn hele lichaam. In de keuken glijdt er nog eens een mes uit mijn hand.

Het geluid tingelt heel hoog. Als een belletje. Het belletje van Sinterklaas... of van de processie. Dat waren belletjes van rust. Maar nu is er geen rust. Ik begin aan de vaat. Ik zet even mijn handen op de afwasbak. Ik staar in het staal. Ben ik dat? Wil ik nu hulp? Wat is hulp? Ik heb het altijd alleen gedaan. Johan spreekt van hulp. Luc ook. Maar het is niet hetzelfde. Ben ik zwak omdat ik zwanger ben? Ik voel helemaal niets in mijn buik. Eén keer heb ik overgegeven. Bij mijn moeder nog wel.

'Jullie zijn allebei verantwoordelijk, Kristien. Maar de beslissing, de uiteindelijke beslissing, ligt bij jou. Ik weet dat het zwaar is. Maar wat je ook doet, je kunt hulp krijgen. Je kunt bij ons hulp krijgen. Jammer dat je man niet meekwam. Of komt hij liever alleen? Dat kan natuurlijk nog. Wacht niet te lang. Hoe langer je wacht, hoe moeilijker het wordt.' De zwarte mocassin van Luc schoof vooruit. Ik dacht dat hij mijn handen wou vastnemen. Maar hij deed het niet. We waren samen buitengekomen. Bij de automatische schuifdeur van het ziekenhuis hadden we even geaarzeld. Hij vroeg: 'Welke kant ga je op?' Ik antwoordde dat ik even de stad in wou. Ik hield het geen hele dag meer uit in de kamer van Klaas. Ondanks alle inspanningen was er toch geen verbetering. Hij had geknikt en gezegd: 'Ik wandel met je mee.'

Van de wandeling naar de stad herinner ik me alleen nog dat het warm was en dat mijn broekrok tussen mijn billen plakte. Ik weet niet meer wat Luc onderweg gezegd heeft. Maar hij sprak zacht, met een tere kleur en de klanken stierven langzaam uit op het einde van zijn zinnen. Ik had gezwegen. Aan een terrastafeltje van een café op een plein hadden we een Cola gedronken. Ik zat naast hem op een houten bank. Plotseling had ik gezegd: 'Ik wil naar zee. Ik wil alleen naar zee.' Hij had er niet op geantwoord. Hij had zijn glas Cola vlug leeggedronken. De schil van het schijfje citroen had hij met zijn voortanden doorgekauwd en met zijn duim en wijsvinger losgetrokken van het ronde stukje vrucht, dat hij toen had opgezogen en doorgeslikt.

'Drink je glas leeg, Kristien. Je hebt zeker wel dorst. Het is zo warm vandaag.' Ik had meteen mijn glas leeggedronken. Ik gehoorzaamde allang dokters automatisch. Toen ik mijn lege glas

met het citroenschijfje nog op de rand geprikt neerzette, keek ik naar hem op en zei: 'Wil je mijn schijfje citroen ook nog?' Hij knikte. Ik gaf het hem. Mijn vingertoppen raakten de zijne.
Ik herhaalde: 'Ik wil naar zee. Ik wil met jou naar zee.' Hij had zijn hand op mijn knie gelegd en met zijn duim had hij me gestreeld. Niet lang. Hij was opgestaan. Heel vlug had hij mijn wang gezoend. Hij rook naar citroen.

'Ik heb nog heel wat te doen vanmiddag, Kristien. Vanavond wil ik op tijd thuis zijn. Mijn vrouw heeft plaatsen gereserveerd voor een concert in Brussel. We gaan naar Messiaen luisteren. Naar *Eclairs sur l'au-delà*. Hou je van muziek?' Hij had heel vlug gesproken. En hij had ook naar zijn schoenen gekeken.

'Ik weet niet of ik van muziek hou... En ik ken geen Frans,' had ik traag geantwoord. Ik weet niet meer hoelang ik nog was blijven zitten. Wat overkomt me? Ik was Klaas vergeten. En Eva. En ik had gewenst dat Johan een beetje op Luc mocht lijken. Luc had dus een vrouw. Nu wist ik het zeker. Het verbaasde me dat het geen effect had op mijn gevoelens. Integendeel. Ik was opgestaan om terug naar het ziekenhuis te stappen. Ik wil met Luc naar zee gaan. Ik krijg hem wel zo ver. Die hand op mijn knie en die citroenkus willen toch iets zeggen, dacht ik. Toen ik terug naar de zieke Klaas stapte, glimlachte ik nog steeds om wat ik de citroenkus had genoemd. Aan zijn woorden dacht ik niet meer. Ik had ook niet geluisterd. Vroeger, dagen en maanden aan een stuk, had ik met hem gepraat. Hij had altijd geluisterd. Niemand kende mij zo goed als Luc.

Het is al bijna donker als Johan de keuken binnenkomt. Hij knipt het licht aan. Ik schrik op. Ik was nog niet begonnen aan de afwas. Hij zingt hardop het lied van Leonard Cohen: 'Er is geen drank, geen medicijn, er is geen remedie voor de liefde.' Het klinkt pijnlijk en woedend.

'Wat staar je hier in het donker? Als je in mijn buurt bent, droom je niet. Je droomt alleen van dingen die ik niet mag weten, of van mensen die ik niet ken. Je wil me ontvluchten, maar het zal niet lukken. Eigenlijk ben je van mij. Alleen van mij. Je zal me niet ontsnappen.'

Hij neemt me vast en draait me om met een harde greep. 'Ik

heb je en ik neem je,' fluistert hij hees. Ik kan niet antwoorden, want hij drukt zijn tong tussen mijn tanden. Ik bijt ze stuk, denk ik heel even. Ik kan het niet doen. Ik word een pop. Een voddenpop. Ik stuik in elkaar. Voel ik nog iets? Hij schort mijn jurk op en trekt mijn slip naar beneden. Heel mijn lichaam bonst. Er spatten planeten uiteen in mijn hoofd. Ik klim, klim hoog en val hard naar beneden. Johan glijdt uit mij. Meer niet. Niets anders. Het overige zijn dromen. Ik doe mijn ogen open. Ik kijk in de gelakte deur van de kast onder het aanrecht. Als in een zeer vuile spiegel zie ik de vage schaduw van Johan achter mij. Hij zit op zijn knieën.

'Mama... mama!' hoor ik roepen.

Ben ik mijn kind vergeten? Ik hol de trap op. Het slijmerige vocht van Johan vloeit uit mij en plakt in mijn broekje. Eefjes gezicht is nat van de tranen en de snottebellen hangen aan haar kin. Ze staat recht in haar bedje. Hoelang huilt en roept ze hier al? Ik neem haar in mijn armen.

'Het spijt me dat ik je niet gehoord heb. Eva, liefje.' Ik was haar echt vergeten. De angst doet me zweten. Ik druk Eefje tegen mij aan. Haar lichaampje blijft sidderen. Ik ben een slechte moeder. Een kind van nog geen drie jaar vergeten! Eva bedaart.

'Klaas thuis?' hikt ze.

'Neen, liefje. Hij is in 't ziekenhuis gebleven. De dokters gaan hem beter maken. Misschien zal hij tegen jou praten als hij nu naar huis komt.'

Ze glimlacht, wil nog eens 'mama' zeggen, maar ze krijgt haar lippen maar een heel klein beetje van elkaar. Eva slaapt. Mijn armen blijven om haar heen geslagen. Voor het kind in mijn buik wil ik een goede moeder zijn. Ik zal het altijd horen. Ik zal me nooit laten afleiden. En met Johan breek ik. Dit kan niet meer. Dit was het laatste. Ik leg Eefje neer en dek haar toe. Naar beneden ga ik niet. Ik stap naar de badkamer. De telefoon rinkelt. Johan zal wel opnemen... De telefoon blijft rinkelen. Waar is Johan? Hij is er blijkbaar vandoor. Ik hol de trappen af.

'Hallo?'

De stem van Luc:

'Hij heeft naar mij gelachen, Kristien.'

Hij heeft naar mij gelachen, Kristien. Gelachen. Zou het kunnen dat hij beter wordt? Dat hij zal lachen en praten? En ik heb gewenst dat hij dood zou gaan, dat hij plaats zou maken voor dit kind in mijn buik! Ik ben dus toch een slechte moeder. Ik hoorde Eva niet. Ik wenste dat Klaas zou sterven. Ik zal naar hem lachen. En hij zal terug lachen. Ik zal met hem spelen zoals ik het deed vóór het ongeluk. Zoals ik het deed, toen hij een baby was. 'Dag Klaasje, flinke jongen. Lach eens, toe. Lach naar je mama. En wat heb je dikke billetjes. Geef me je vingertjes: dit is baas; hier is baas zijn knaap. Daar is lange aap. Hier is kort abbeetje, en daar is pierlafluitje!' Wat was ik toen gelukkig! Hoe dwaas te denken dat het zou blijven duren! Het blijft nooit duren. Ik wist het toch allang: je kunt met je oma schelpen rapen en liedjes zingen, maar plots is ze weg. Dood. Je vader heeft grote handen die jouw handen veilig wegbergen in zijn jaszak met de fijne draadjes tabak in de naad die je vingers geurig maken. Weg. Voor altijd. Kwijt. Voorgoed. Amen en uit. Voorbij. En de hemel stort niet in. En mama en Paul leven verder als vroeger. 'De mens wikt en God beschikt.' Had ik het toen nog niet begrepen?

'Ik krijg ze wel, die daar met haar zekerheid.' Is God wreed en onverschillig? En daar lag Klaas als een kleine omgekeerde Christus op de weg. Angst. Wanhoop. Gaat hij dood? Leeft hij? Hoe, als een plant? Vertwijfeling. En nog meer wanhoop. En niemand wanhoopte met mij. Niemand. Mijn moeder: 'Het leven gaat verder, Kristien' en Johan: 'Het is een schande dat je Eva vergeet.' Schande, schuld en schaamte! Schoppen, schelden en schreeuwen! Niemand gaf me een hand. Johan nam het me kwalijk dat ik hem niet hielp. 'Ik raak er niet uit zonder jou, Kristien. Ik zat aan het stuur. Ik ben de schuldige. Je verwijt het me elke dag. Je verdraagt niet dat ik je aanraak.'

Inderdaad, mijn lichaam verdroeg niets meer. Ik haalde me de huid open. Ik gilde als een gekkin!

En toen kwam Luc. Luc luisterde. Ik praatte en praatte. Ik wist niet dat ik zo kon praten. Hij twijfelde met mij mee. Hij wanhoopte mee. En mijn huid groeide weer aan elkaar. En ik krijste niet meer als Johan me wilde aanraken. Eefje maakte me weer warm vanbinnen. Op een zomeravond lag ze bij mijn schoonouders in het hondenhok te slapen. De hond - een teef - sliep ook, languit op haar zij. Eva had haar mondje open naast een tepeltje. Haar handje lag rond een hondenoor. Het was vuil. Smerig. Haar haar lag in klissen over haar gezicht. Ik schrok. Ik hurkte naast haar neer. Ze bleef slapen. Ik nam haar in mijn armen. Ik zoende haar. Ze deed haar ogen open, sloeg haar armpjes om mijn hals: 'Mama, mama!' Wat kon ik méér voor haar doen dan die hond bij wie ze lag? Ik kon haar lijfje wassen en haar buikje kietelen. En met haar in het gras rollen, en bessen plukken. Ik kon met haar zingen. Ik kon haar dingen leren en haar naar school sturen. Maar zij ook zou eens vertwijfeld, wanhopig en alleen zijn. Ik zou haar niet kunnen beschermen. Ze had toen zonder meer afscheid genomen van de hond. En het leven ging verder. Mijn moeder had gelijk. En nu en dan was Johan aantrekkelijk. En we vrijden weer. Niet zoals vroeger, maar wat is er zoals vroeger? En de angstige vraag naar de zin van mijn leven dreef weg op de alledaagse zorgen...

'Mama! Mama!' Ik hol weer de trap op. Eva staat bij de deur van onze slaapkamer. Ze wil bij mij in bed. Waarom niet? Johan is er toch niet. Zonder Johan is er vrede. Ze valt in mijn armen in slaap. Ik sluimer. Ik droom.

Aan zee. De zon gaat onder. Ik zit op een hoge duin in het zand. Naast mij waait het helmgras zacht. Ik hoor een stem, maar ik zie niemand. 'Kristien, Kristien!' Komt het geluid uit het gras? Een mannenstem. 'Hij heeft naar me gelachen, Kristien.' Heel ver op het strand ligt een reuzenschelp. Over de brede, grijze ribbels beeft een roze glans. De schelp zoemt dichterbij en gaat open. Klaas zit er gehurkt in. Zijn voeten zitten in een grauw visnet gewikkeld en staan juist op het scharnier van de wijde mantelschelp. In zijn handen klemt hij een grote krab. Haar scharen steken door zijn kneukels en knijpen in zijn vinger. Hij schijnt geen pijn te voelen, want hij glimlacht. Nat, groen zeewier druipt van zijn hoofd. Ik kijk beter: het zeewier is zijn haar, het groeit uit zijn schedel. Traag gaat zijn blik naar omhoog. Hij ziet mij. Hij herkent mij. Hij wil opstaan. Het lukt hem niet, want zijn voeten blijven in het net gevangen. Plots laait een hevig vuur op, als een muur van oranje tongen op het strand. Ik zie de schelp en Klaas niet meer. Ik sta op. Ik ga op de tippen van mijn tenen staan, maar ik kan geen voet verzetten. Een grote hitte verschroeit me.

In de roosblauwe hemel, net boven de vlammenbussel, hangt het zwarte silhouet van een arend. Zijn kop hangt verticaal naar beneden. Ik fixeer zijn open bek. De hemel schittert erdoor. Zijn vleugel staat recht als het zeil van een boot. De zwarte zeilboot van een zeerover. De vogel beweegt niet. De hittegolf houdt hem omhoog, zoals hij mij op een afstand houdt. De zon is niet meer te zien. Er is alleen die vuurgloed. De lucht is moorddadig. Ik hou het niet vol. Het zand wordt heet onder mijn voeten. Opeens daalt de vuurlijn en loopt uit in het nachtelijke blauw van de zee. De arend vormt een donkere, zachte bol die wegrolt in een paarsgrijze lucht. In die lucht is een ander silhouet uitgesneden. Een duif. Een reuzegrote duif van blauwe lucht met witte wolken. Er drijft een gevoel van vrede in mij. Ik voel me betoverd. Achter mij zingt de mysterieuze stem al schommelend: 'Laat dat manneke maar drijven al verre, al verre, al over de zee, zee, zee, mannekeszee!'

In de staart van de duif, aan de horizon, drijft een piepklein bootje, helwit verlicht door een heel dunne maansikkel. In een flits is het verdwenen.

Op het strand, aan de waterlijn staan de afgehakte voeten van Klaas. Het grauwe net hangt er in flarden rond. Er is geen druppeltje bloed te bespeuren. Ik stap er naartoe. Het zijn de rooswitte voeten met de paarlemoeren teennagels van Klaas. Ik hurk neer. Ik neem ze in mijn schoot. Ik streel de tenen van Klaas. De wind die over de zee blaast, drijft me mee in een eeuwig blauw. Verder dan het blauwe wil ik zien. Er is iets verborgen achter wat ik zie ...

Ik word wakker. De voetjes van Eva liggen in mijn schoot. Mijn handen liggen er strelend bovenop. De vrede van mijn droom hangt in de kamer. Ik val weer in slaap.

Het licht schijnt bleek door het raam. Is het al morgen? Ik heb mijn schort en mijn kleren nog aan. Het is maanden geleden dat ik nog zo goed geslapen heb. Eva doet haar ogen open. Ze glimlacht. Zou Johan niet naar huis gekomen zijn? Het valt als een zaligheid op mij dat hij er niet is. Eefje die 's morgens zo lastig kan zijn, is nu zo lief als een engeltje. Waarom kan het niet altijd zo? En als het beter gaat met Klaas... 'Als hij glimlacht is alles misschien weer mogelijk,' zei de prof. Drijf ik nog in mijn blauwe droom? Eefje tatert terwijl ze met mij de trap afgaat.

Johan ligt languit op de sofa in de woonkamer. Zijn linkerbeen hangt nog tot tegen de grond met een schoen aan zijn voet. Zijn rechterschoen is uit. Hij slaapt zo diep dat hij me niet hoort. Ik doe niets om het geluid van mijn hakken te dempen. Zijn buik perst en zet uit als een blaasbalg en zijn lippen pruttelen met zilveren belletjes van speeksel. Eefje staat voor hem te lachen. 'Een reus! Een reus!' schatert ze. Johan lijkt op de reus uit haar sprookjesboek. 'Een slapende reus stoor je niet. Anders gaat hij schreeuwen met zijn zware bromstem en dan word jij bang!' Eva legt haar wijsvinger op haar mond. St! Sst! Zo stapt ze zacht naar de keuken.

'Mama gaat naar Klaas toe. Jij mag vandaag naar Lies en Jef. Je zal kunnen spelen in de wei. Kijk eens hoe mooi de zon schijnt op de geraniums voor het raam.' Wanneer ik met Eva aan de hand het huis verlaat, ligt Johan nog steeds in dezelfde houding op de bank lichtjes te snurken. Als ik me van hem niets meer aantrek, gaat het beter met mij. Dan ben ik rustiger en vriendelijker met Eefje. Aan zijn manier van zijn en doen erger ik me constant. Wat betekent hij voor Klaas? Iemand die hem beklaagt en wil verwennen... En voor Eva? Ik heb haar verwaarloosd. Ik wil het goed maken. Maar Johan? Wie is hij voor haar? De slapende reus van daarnet? De papa die al haar grillen toelaat? Zou ze hem missen? En het kind in mijn buik? Een toevallige zaadcel van Johan. Dat is alles. Meer is het niet. Hij wil het zelfs niet. Hij wil het weg. Het is van mij. Van mij alleen.

'Mama, wie komt mij ophalen?'

'Wat heb je het liefst? Dat mama komt of papa?' Een venijnige vraag. Begin ik dat kind nu al uit te spelen tegen Johan? Ik weet zeker dat hij haar vandaag niet kan komen afhalen.

'Mama! Mama!' Eefje maakt er een ontroerend afscheid van met geknuffel en gezoen waar geen einde aan komt. Ik ben het niet gewend van haar. Voelt ze dat ik vandaag anders ben? Onderweg naar het ziekenhuis komt de vraag die ik me bijna niet durf te stellen, want ik ben bang voor het antwoord: hou ik nog van hem? Ik wil in het spitsuur met mijn aandacht bij het verkeer blijven. De gedachte laat me niet los: hou ik nog van hem? Ik draai de film van ons leven van achteren naar voren af. Scènes. Ruzies. Spanningen. Waarover? Over alles. Ik kan van hem niets meer verdragen. Ik kan hem niet meer verdragen. Tot voor kort ging het nog in bed. Als vechtende katten. Hij bronstig. Ik krols. Dan het ongeval. Ons leven bestaat uit twee periodes. Vóór het ongeval. Na het ongeval. 'Hield ik van hem vóór het ongeval?' Ik jaag de vragen weg want ik weet het niet meer. Weten mensen hoe het komt dat ze elkaar graag zien? Weten mensen wat ze zeggen als ze fluisteren of schreeuwen of mompelen of plechtig verklaren: 'Ik hou van jou?' Ik weet niet wat het betekent. Wat heb ik op mij genomen in ons huwelijk? En Johan? Ik schrik van de balans.

Er zijn nog veel vrije plaatsen op de parkeerplaats van het ziekenhuis, want het is nog vroeg. Daarom duik ik niet in de ondergrondse garage met de glazen koepelgangen. De schamele boompjes hebben echter niets natuurlijks in deze prachtige nazomer. Het lijken kunstboompjes voor een maquette. Vandaag is de hemel van een uitzonderlijk blauw, een zuiders blauw zonder één wolkje. Het licht is nog wit. Hoeveel keren ben ik hier al 's ochtends aangekomen? Met welke verscheidenheid van gevoelens? Nooit vrolijk. Nooit hoopvol. En vandaag? *Hij heeft naar mij gelachen, Kristien.* Elk woord is diep in mij bezonken en de uitspraak heeft mij in een wereld van innigheid gebracht. Een innigheid die ik ook voel in de lucht: een perfect evenwicht. Niet te warm. Ook niet fris. Geen wind. Een koele, strelende luchtstroom. Ik weet dat Klaas wacht. Zal hij ook naar mij lachen? En toch haast ik me niet. Misschien lacht hij al niet meer. Misschien lacht hij niet naar mij.

De klok van de hal wijst nog geen acht uur aan. Gewoonlijk neem ik de roltrap, waar ik tussen mensen sta die zwijgen en staren, bij wie ik lijfelijk gewaarword dat ik een stuk van deze menselijke ellende ben. Vandaag stap ik naar de trap. Bij iedere trede ben ik bewust van mijn voet, van mijn been, van mijn hele lichaam. Ik schep er genoegen in mezelf te voelen. Ik ben mijn lichaam. Met mijn lichaam voel ik de andere lichamen. Aangetrokken of afgestoten. Ik alleen voel het. Langs alle kanten omgeven. Maar ik beheers het. Ik laat me niet dwingen. Er is een kind in mij aan 't groeien. In mijn lichaam. Niemand kan het raken zonder mij te raken. Klaas zat ook in mij. Als ze Klaas raken, kan het alleen omdat ik het toesta. Zelf kan hij geen toestemming geven. Omdat hij ziek is. Omdat hij zichzelf niet meer is. Voor het ongeval was hij goed op weg om zichzelf te worden. Het ongeval. Blijf ik stoten op het ongeval? Na het ongeval ben ik anders geworden. Johan zeker. Zelfs Eva. Zal het kind in mijn buik ook anders zijn omdat er een ongeval geweest is? Misschien wel. Na de geboorte zal het opgroeien met een gehandicapte broer, een moeilijke zus, een willoze vader. En zijn moeder? Voor dit kind wil ik nog kracht hebben en vreugde beleven... Ook voor Eva. En ook voor Klaas.

Hij heeft naar mij gelachen, Kristien. En voor Johan? Voor Johan kan ik het niet meer. Wellicht is het beter dat ik van hem wegga. Ik blijf bovenaan de trap even staan, ontredderd door mijn gedachten. Ik word mijn lichaam niet meer gewaar.

Op de gele pijl tegen de cementen muur staat in witte letters *kapel*. Ik wil even in de stilte zitten. In de kapel. De houten deuren staan open. Grijsachtige gordijnen zijn over de ramen dichtgetrokken en laten gedempt licht door. Achter het altaar hangt een wandtapijt. Ik ken het allang. Christus op het kruis met Maria, Zijn moeder en Johannes, Zijn lievelingsleerling. Vandaag zie ik alleen het rood van Johannes' kleed. Rood. Een kleur waarvoor ik al een hele tijd geen oog meer heb. Mijn wereld is al zo lang wit. Soms een beetje groen en de laatste tijd hemelsblauw, door de baby. Rood was ik vergeten. Voor het beeld van de Lieve Vrouw, *Sedes Sapientiae*, onder een glazen stolp (waarom heeft dat beeld zo een dik, groot hoofd?) staan tientallen kaarsjes te flikkeren. Nog nooit heb ik hier een kaars aangestoken. Zou dat gebaar troost brengen? De troost van het licht? Misschien. Onder het altaar staat een tuil paarse asters. Dezelfde als in de tuin van Lies en Jef. Vanmorgen dacht ik, toen ik ze zag: herfstbloemen. Ze zijn mooi. 't Is weer herfst.

Er is niemand in de kapel. Ik ga zitten op de laatste rij, mijn rug tegen de muur. Als er nog iemand binnenkomt, moet die vóór mij gaan zitten. Zijn of haar blik kan me niet raken. Ik wil alleen met mijzelf zijn. Straks is het weer anders. Met Klaas. Met mensen rond Klaas. Ik sluit mijn ogen, want ik wil niet zien. Om het verborgene te ontdekken, het verborgene waarvan ik vannacht droomde, zoek ik met gesloten ogen. Ik heb hier ooit weesgegroeten en onzevaders gepreveld tot mijn hoofd ervan barstte. Omdat ik radeloos was. Omdat ik die woorden van buiten kende. Maar ik werd er niet minder radeloos om. Tussen ieder gebed wou ik roepen: waarom? Waarom Klaas? En waarom ik?

Tot ik het beu werd. Er veranderde toch niets. Een lange tijd kwam ik niet meer. Ik vond een antwoord op mijn vraag. Het was de fout van Johan. En de mijne. Johan reed te snel. Ik had Klaas niet vastgesjord. God en Christus en Onze-Lieve-Vrouw hadden er niets mee te maken. Ik kwam terug. Voor de stilte. Voor de bloemen en de lichtjes van de kaarsen. Vooral als het buiten regende, kwam ik. Als de zon scheen ging ik liever buiten op een bank naast de vijver zitten om te kijken naar de rimpeling over het water. De golvingen komen altijd terug. Zoals aan zee. Ik kan er blijven naar kijken, omdat de beweging nooit ophoudt. Vandaag is het prachtig weer en toch zit ik in de schemering van de kapel. Naar hier gedreven. Zit het mysterieuze van de lucht, van het water, van het licht en het vuur in deze sombere ruimte? Het tabernakel glimt in staalblauw metaal. Hoelang zou het geleden zijn dat ik nog te communie ging? Heeft het ooit iets betekend voor mij? Ik denk van niet. Het lijkt zo ver, zo vaag en zo zinloos. Als men mij vraagt of ik gelovig ben, zeg ik ja. Ik weet zelf niet goed waarom ik dat zeg. Op de fiche van Klaas schreef ik: katholiek. Wat wil dat woord voor mij zeggen? Een rij ceremonieën waarbij ik betrokken was: doopsel, communie, vormsel, huwelijk. Wat lieten ze na? Lege vormen. Bidden. Wat is dat? Men heeft het mij geleerd, maar ik ben er nooit in geslaagd het te doen. Uit het hoofd geleerde woorden herhalen kan toch geen bidden zijn? En ik ben er niet toe in staat zelf iets te zeggen. Hoe zou ik met God kunnen praten? Praten en nooit een antwoord krijgen? Alleen de echo van mijn roepen bereikt mij. Nog nooit heb ik gevoeld dat iemand naar mij luisterde. Ik zwijg dus.

Telkens als ik hier zit, denk ik aan papa en bomma. Het

gevoel dat ze nog leven wordt hier zekerheid. Eeuwig leven. Oneindig leven. Ik voel ontzetting en verwarring. Ik ben onthutst. Dit zijn geen mensenwoorden. De hemel van mijn kinderjaren was een tuin vol mooie bloemen, zingende engelen, klaterende fonteinen, heiligen in fluwelen kleuren en goudbrokaat. Een stralende zon boven de zee in een zomerse lucht. En muziek. Hemelse muziek. Kon ik maar even, heel even, naar dat naïeve geloof terug: dan kwam er misschien weer zon in mij. En licht. Vanwaar komt die muziek? Gezangen uit een bandrecorder vullen de kapel. Dit is niet echt. Mijn stilte is weg. Ik open mijn ogen. Mijn gedachten zijn weg. Bij de ingang staat een jonge vrouw. Ze tracht iets te schrijven in een schrift dat open op een rekje ligt. Vrome mensen schrijven erin wat ze van God of Christus, of van Onze-Lieve-Vrouw verlangen in dit ziekenhuis. Ik heb er ooit, met tranen in de ogen, in gebladerd om te lezen dat ik niet alleen was met ellendige wanhoop in mijn hart. De stuntelig neergeschreven smeekbeden en de heel persoonlijk verwoorde kreten om hulp, vermurwen ieder hart. Alleen zij tot wie ze gericht zijn, blijven onbarmhartig.
Ik moet hier weg. Naar Klaas. *Hij heeft naar mij gelachen, Kristien.* Bij het opstaan merk ik een ingelijste tekst op die tegen een betonnen steunpijler hangt. Ik heb die tekst nooit eerder gezien. ‘Gedenk, o genadigste Maagd Maria, dat het nog nooit gebeurd is dat iemand die tot u zijn toevlucht nam, door u verlaten werd. Door dit vertrouwen aangemoedigd, ben ik naar u toegekomen en kniel ik voor u neer. O moeder van Jezus, onze moeder, versmaad mijn nederige bede niet, maar wil ze goedgunstig aanhoren!’

Het lijkt wel een soort chantagegebed, want hoe kan men weten dat het nog nooit gebeurd is? Ik kan me niet voorstellen dat de moeder van Jezus - als ze is wie ze is, als de Heer met haar is - om ’t even wie zou verlaten, ook al nam die mens zijn toevlucht niet tot haar! Die eerste zin maakt me al lastig! En zou zij dan ook een ‘bede versmaden’? Zo maar afwijzen? En met minachting? Wat een gemene dwang in die tekst! Zou ik de enige zijn die dit voelt? Ik wil hier weg. De vrouw kijkt me even aan. Ik glimlach en krijg een droevige glimlach terug.

‘Schrijf ik het voor u op?’

'Nee. Ik kan het niet zeggen.'

'Ik kan het ook niet zeggen.'

Het rode potloodje bengelt heen en weer aan het touwtje. Ontdaan gaat de vrouw zitten. Ik leg even mijn hand op haar schouder. Ze schijnt niets gewaar te worden. Het is jaren geleden dat ik nog aandacht had voor iemand die ik niet ken. Voor iemand buiten mij. Komt het door de baby die ik denk te voelen? Vlug stap ik door de gang van de kapel. Voorbij de hoek moet ik rechts houden. Ik vergis me van richting. Klaas is niet meer in een steriele kamer, maar op een afdeling met andere kinderen. Ik maak rechtsomkeer. Ik stap al even snel als de andere mensen die even verwonderd opkijken als ik plots tegen de stroom inga. Het duurt amper enkele seconden.

Zal hij naar mij lachen? Zal ik op het juiste ogenblik binnenkomen? Wat als hij niet naar mij maar wel naar Luc lacht?

Ik duw de deur meteen open. Het eerste wat ik zie zijn de voeten van Klaas gewikkeld in een grijsachtige gebreide wollen sjaal. De voeten van mijn droom! Ik durf nauwelijks met mijn ogen langs zijn lamme, dunne beentjes omhoog te kijken, over zijn romp tot aan zijn gezicht. Heel traag gaat mijn blik. Hij lacht! Heel schuchter gaan zijn mondhoeken omhoog en zijn ogen leven. Ik neem het gezicht van Klaas tussen mijn handpalmen en ik lach ook. Ik lach en straal. Ik drijf glimlachend in mijn blauwe droom. Mijn ogen glijden door het venster. Naar de azuren lucht met witte zachte wolken. Ver. Heel ver. Ik voel me een engel. Een zwevende engel. Als Luc later op de ziekenkamer komt, vertel ik hem mijn droom.

'Je hebt te lang naar de schilderijen van Magritte gekeken,' zegt hij.

Omdat ik trots ben, zeg ik niet dat ik niet weet wie Magritte is.

IX

'Nu weet ik het echt niet meer. Ik begrijp er niets meer van...'

'Om u te kunnen begrijpen, mevrouw, zult u toch een beetje uitleg moeten geven. Heeft u al eerder gebeld?'

'Och ja... Ik heb al meer dan een keer gebeld. Over mijn dochter. Die getrouwd is met een man die broodautomaten plaatst. En die aan de drank is. Allee, hij drinkt toch te veel. En met een gehandicapt kind. En nog een dochtertje. En ze is weer in verwachting. De laatste keer vertelde ik dat ik zo ongerust was dat ze weer naar zee zou vluchten. En dat ze zo raar deed...'

'Nu weet ik het weer. Er bellen zoveel mensen naar Tele-Onthaal dat ik u niet meteen herkende, maar nu wordt het me opnieuw duidelijk... U zei dat u er niets meer van begreep?'

'De laatste keer dat ik met u gesproken heb, in 't voorjaar dan, dacht ik: het baat toch niet dat ik bel. Die mensen - allee, ik vraag altijd naar u omdat u mij toch al een beetje kent - kunnen daar toch niets aan veranderen. U kunt mij ook geen raad geven of zo... Maar 't zit mij zo hoog dat ik het eens kwijt moet. Aan mijn zus kan ik het een en het ander vertellen, maar ze leest me dan direct de les of ze vindt het niet deftig... of zij zou dit of dat! En ik hoor dan van de rest van de familie dat ze haar mond niet kan houden. Dus...'

'Hier blijft het tussen ons. U kunt er zeker van zijn.'

'Daarom bel ik toch nog eens. En weet u wat? U luistert. 't Is net of u er alleen bent om te luisteren. Zelfs al klap ik soms in en uit.'

'Ik luister zeker... U zei dat het u hoog zat en dat u er niets meer van begreep. Wat zit u hoog? En waarvan begrijpt u niets meer? Kunt u dat zeggen?'

''t Gaat natuurlijk weer over Kristien, mijn dochter. Een hele tijd heb ik haar niet meer gezien of gehoord. Ze weet waar ik woon, en als ze me nodig heeft, komt ze wel af. In de zomer zit ik in Oostduinkerke, maar ik heb er telefoon. 'k Heb dus een hele tijd niets gehoord. Ook niet: "Ma, hoe is 't met u?" of zoiets. Niks. Andere jaren komen ze naar zee en blijven ze enkele dagen, maar nu... niks.'

'Was u niet ongerust? U was het toch in ons laatste gesprek?'

'Hoe zal ik het zeggen: ja en neen. Ja, omdat ze toch zwanger is en dat gesleur dan nog met Klaas in zijn rolstoel en zijn zielig gezichtje. Neen, want "geen nieuws, goed nieuws". Slecht nieuws krijg ik wel te horen. Dat weet je altijd vroeg genoeg!'

'Werd het dan na uw terugkeer moeilijker voor u?'

'Wel ja. 'k Zal maar met de deur in huis vallen: Kristien wil scheiden. Scheiden! Met een kind in haar buik, een ander van een jaar of drie en een gehandicapte jongen van vijf jaar! Geen inkomen. Een hoop onkosten. Wat is 't allemaal niet?! Een dokter, een kinesist en een logopedist (zo heet dat toch?) voor Klaas en een onthaalmoeder voor de kleine, want Kristien moet nog dikwijls naar het ziekenhuis. Ze zou ze nu toch naar school sturen. Maar voor en na de school moet 't kind opgevangen worden. En Johan die heeft geen vaste uren. Nu ja, als ze wil scheiden, kan ze op hem helemaal niet meer rekenen.'

'Heeft ze u toevertrouwd dat ze aan een scheiding denkt?'

'Niet alleen dat ze eraan denkt maar dat ze het wil! En als Kristien iets wil, dan is 't zo!'

'Welke indruk heeft dat nieuws op u gemaakt? U heeft het er moeilijk mee, hoor ik.'

'Ik begrijp er gewoon niks van. Thuis hebben ze me altijd geleerd: trouwen is houwen. Dat was zo en daarmee uit. Maar ja, voor de jongeren is dat blijkbaar anders. Alhoewel... ik hoor dat het bij ouderen ook gebeurt. Nog een geluk dat ik weduwe ben. Zoiets mag ik misschien niet zeggen. Maar je zou het toch... en u zegt het ook niet verder.'

'Is het omdat u er een andere opvatting over heeft dat u die scheiding erg vindt?'

'Neen, neen, ook omdat ik weet dat ze het alleen niet kan bolwerken. Dat bestaat toch niet in haar geval! U zou haar gezien moeten hebben toen ze me het kwam vertellen... 't Was eergisteren, donderdag. Ik kwam juist thuis van de markt. Niet dat ik voor mij alleen veel koop, maar je zit eens tussen het volk, je komt er al eens iemand tegen en je kunt een beetje babbelen. En daarbij, ik zie nog graag wat er op de markt ligt. 't Was bovendien goed weer. Als 't regent, zien ze mij daar niet. Dan is er ook geen aardigheid aan. Goed. Ik ben dus thuis. Ik wou juist een kop koffie maken. Daar gaat de bel... Kristien! Ze zag er nogal uit: zo wit als een tafellaken en zwart onder haar ogen. En mager! Ze is nooit dik geweest, Kristien. Maar nu, zo mager als een graat. Ze viel bijna in mijn armen. Ik zei: "Maar Kristientje, toch!" Ik had zo'n medelijden met haar. Ze was goed gekleed, zoals altijd. Chic zag ze eruit, dat wel. Chic en toch triestig. Ik zei: "Ben je alleen?" Ze zei direct: "Ja, want ik wil met jou alleen spreken." Zo een beetje plechtig, zei ze dat. En toen is ze binnengekomen en ze ging onmiddellijk zitten. Ik was mijn koffie vergeten. 't Eerste dat ik zei: "En je bent niet naar zee gekomen?" "Je zult wel begrijpen waarom, als ik alles verteld heb," zei ze. En nog: "Misschien, als 't kan, ga ik nu wel voor een paar dagen." Ze gaf me geen tijd om te antwoorden. De zee en Kristien, dat is het een en het ander. U kunt daar niet goed wijs uit geraken. Ze gaat juist graag als de andere mensen liever niet gaan. Ja, dat moet ze zelf weten. Maar dan kwam het allemaal: Johan begreep haar niet. Hij had haar nooit begrepen, zei ze. Ik wilde haar nu niet tegenspreken. Ze moest alles altijd alleen doen. En ze kon bij hem met niets terecht. En als hij gedronken had, was hij brutaal. En hij dronk hoe langer hoe meer. En zijn familie had gezegd dat het de fout was van Kristien dat hij dronk, want ze had gezegd dat het ongeluk met Klaas zijn schuld was. Zij hadden haar dat horen zeggen, zegden ze. En hij was ook jaloers. Jaloers omdat de dokters in Leuven zo vriendelijk zijn voor haar. "Die begrijpen me," zei ze. "Vooral Luc." En als ze die naam Luc uitsprak, zweeg ze zo'n beetje en ze keek naar buiten. Ik dacht: Oei, oei, oei, er is toch niks tussen die twee, zeker. Want wie weet? Misschien maakte ze het huwelijk van die Luc nog stuk! Maar ik kon haar niets zeggen, ze ratelde maar verder. En ze was een betere moeder voor Klaas en Eva als Johan haar met rust liet. En het kind dat ze verwacht, had hij niet gewild. Hij had gezegd dat ze het moest laten weghalen. Toen ze dat zei, werd ik ook bleek. Ik voelde het bloed uit mijn gezicht wegtrekken. Want dat had ik nooit of nooit van hem gedacht. Toen ben ik er toch tussengekomen om te vragen: "Johan is toch de vader van dat kind?" Ze knikte. En ik zei nog: "Waarom heb je toch de pil niet genomen? Met Klaas en zo had je toch redenen genoeg om ze te nemen?" Weet je wat ze daarop zei: "Johan dacht dat ik ze nam, maar 't is eigenlijk door Klaas dat ik zo verlangde naar een kind!" Ik stond paf. Van zoiets begrijp ik nu echt niks. Een kind willen zoals het nu met haar gesteld is! En dan nog van Johan die ze niet meer kan verdragen. Ik heb het haar ook gezegd en weet u wat ze antwoordde? "Het was me om het even van wie: 't is nu toch alleen van mij. Johan wilde het niet!" In wat voor een tijd leven we? Ik begrijp er echt niks van.'

'U belt echt omdat u het niet begrijpt, is het niet? 't Was ook het eerste wat u me zei.'

'Ja, maar 't is nog niet alles. Of ben ik misschien al te lang bezig? Er zijn ook nog andere mensen die naar u willen bellen misschien?'

'Ik hoor dat u denkt aan de anderen die het moeilijk hebben. Het is heel vriendelijk van u. Als de telefoon rinkelt, zal u het wel horen en dan kunnen we stoppen. Maar nu kan ik nog naar u luisteren.'

'Het zou een pak van mijn hart zijn als ik verder kon vertellen. 't Ergste was wel al voorbij. De eerste klap, als ik het zo mag zeggen. Ze heeft toen een hele tijd gezwegen. En ik ook. Ik kon niets meer zeggen. Het viel op mij. Kristien is opgestaan om koffie te maken. Ik heb haar laten doen. 't Was net of ze iets moest doen, anders zou ze huilen. Ik zat zo maar naar haar te kijken, naar haar manieren. Van binnen werd ik zo week en ik begon stilletjes te huilen. 't Was lang geleden dat ik nog tranen had voelen lopen over mijn wangen. Kristien zag het, maar ze zei niets. Ze schonk koffie in en zei op de gewoonste toon van de wereld: "Drink, mama, het zal je goed doen," en ze glimlachte. Na een tijdje begon ze weer te spreken, maar op een heel andere toon. Eenvoudiger, zou ik zeggen. Zonder complimenten. Ik begreep het beter. Ze had met Paul gesproken over een eventuele job bij hem in de zaak. Hij was er niet tegen, maar hij had wel gezegd dat ze toch nog het een en ander bij zou moeten leren. Tekstverwerking of zoiets, zei ze, als ik het goed onthouden heb. En nog een en ander. Want het is niet meer zoals vroeger toen je met twee talen en tikken overal kon beginnen... Het schooljaar begint nu toch, dat valt nog goed. En ze zat er niet mee, wat Johan er van kon denken. Want die zal toch weer jaloers zijn, zei ze. Paul had haar wel gezegd dat ze het beter ook aan haar peter voorlegde. De broer van mijn man zaliger, zogezegd. Hij is toch nog altijd de grote baas. Ze had het hem nog niet kunnen vragen, want hij was nog in Frankrijk. Hij heeft er een villa. Dat is wat anders dan ons appartement in Oostduinkerke! Groot! En mooi! En met een echt park erbij! Eigenlijk te groot voor de vakantie. Want je moet het toch allemaal onderhouden... en vandaag vind je niet zo gemakkelijk een werkvrouw of een meid meer. En mijn schoonzus kent weinig Frans...'

'Wat vindt u eigenlijk van het idee van uw dochter? Dat ze wil werken in de vroegere zaak van haar vader?'

'Ik vind dat goed. Heel goed. En ik denk ook dat mijn schoonbroer er niet tegen zal zijn. Maar, er is een grote "maar"! Wie gaat op haar kinderen passen? Want dat was het dat ze me wilde vragen. Ze had wel aan alles gedacht. Ik kon zelfs niet zeggen: "En de kinderen, Kristien?" Als ik het goed vond dat ze in de zaak van papa ging werken... 't was toch een troost voor mij dat de zaak van papa verdergezet werd door zijn twéé kinderen, zei ze erbij -, dan zou ik haar zeker willen helpen om op de kinderen te passen. Klaas kon naar een dagverblijf voor gehandicapten. Eva ging naar school. En de baby... Ja, de baby... Ze zou nog wel zien. Er gaan zoveel kinderen naar de kribbe. Het leek allemaal al geregeld! Ik kon bijna niet volgen... zo vlug was alles beslist. Alleen als ze naar de avondschool ging, werd het moeilijk. En daarvoor had ze aan mij gedacht. De kinderen in bed stoppen en dan beneden een beetje televisiekijken tot ze terugkwam, dat wilde ik toch wel doen? Aan die vraag had ik me niet verwacht. Ik zei: "Maar Kristientje, dat overvalt me zo. Geef me toch een beetje tijd. En waar zal ik op de kinderen moeten passen? In Buizingen?"

"Maar neen, mama, zei ze, dat kan toch niet. Ik ga scheiden van Johan. Ik denk dat ik beter in Halle kan komen wonen: dicht bij mijn werk, dicht bij de school, dicht bij jou..."

De schrik sloeg me om het hart. Ik liet er mijn koffie voor staan. Ik heb nog wel een goede gezondheid en ik kan nog veel, maar weer al die zorgen op mijn rug! Ik denk dat ze aan mij zag dat ik niet van plan was zo maar direct op alles "ja" te zeggen, want ze krabbelde een beetje terug. “Zolang we niet gescheiden zijn, moet Johan maar op Eva passen als ik naar de les ga. Klaas verblijft weer een tijdje in Gasthuisberg. ’t Gaat veel beter met hem. Ze zijn bezig met een intensieve revalidatie,” zei ze en ze legde me uit wat het was. Uitleggen kan ze goed. Een geboren onderwijzeres. Maar ja, daarvoor is ’t te laat. “Revalidatie onder de leiding van Luc,” zei ze erbij, “je kunt niet geloven wat die met Klaas bereikt.” Ik hoorde haar stem ietsjes overslaan toen ze Lucs naam uitsprak. En ze bloosde lichtjes. Ze is wel anders dan toen ze op Johan verliefd was. Toen dacht ze aan niemand anders. Ze was als betoverd. Een beetje wild. Niet te houden. Maar nu! Zoveel zachter en zekerder van haar stuk. Ik zeg dat wel zo, maar eigenlijk ben ik er niet zeker van of ze verliefd is op die Luc. Och, ’t is zo al ellende genoeg!’

‘Heeft u vragen bij de gevoelens van uw dochter voor Luc?’

‘Eigenlijk mag ik er niet aan denken. Maar de manier waarop ze over hem spreekt. En hij was het naar wie Klaasje de eerste keer gelachen heeft. Dat wil toch allemaal iets zeggen, hé. Maar verder weet ik niks van die Luc. En ’k zal er ook niks over vragen. Er zal nog tijd genoeg zijn als ze er zelf over begint.’

‘Heeft u dan geantwoord op haar vraag of u ’s avonds op de kinderen wilde passen?’

‘Niet zo direct, neen. “Ik wil er eerst over nadenken, Kristien,” zei ik. Ze begreep het. Ik vroeg ook nog of Johan al op de hoogte was van haar plan om te scheiden. “Hij zal ’t wel al gevoeld hebben zeker,” zei ze, “want we slapen niet meer samen, hij komt niet meer in mijn bed.” Ik heb altijd gesproken van óns bed. Als je getrouwd bent, is dat toch zo. Of weet ik het niet meer?’

‘Maar u heeft ook nooit gedacht aan een echtscheiding...’

‘Och God, neen. Dat bestond in onze familie niet... En daarbij, ’t was een schande!’

‘U had ook geen redenen, als ik het goed heb begrepen uit onze vorige gesprekken.’

‘Zeker niet. Theo deed altijd wat hij moest doen. En drinken, daar was geen sprake van. Ja, hij dronk wel eens een biertje, een borrel en aan tafel een glas wijn. Maar altijd met mate. En agressief was hij nooit. Zeker niet tegen mij of tegen de kinderen. Oei, oei, oei, neen! Theo was een vriendelijke man. Sprak van “lieveke” en “zoeteke”, wat je misschien niet zo verwacht van een zakenman... Wel, wel, wel, hij kon zo zacht zijn. Ik zou u voorbeelden kunnen geven...’

‘Kunt u begrijpen dat uw dochter, in haar situatie, aan scheiden denkt?’

‘Zo heb ik het nog niet bekeken. Ik weet wel dat Johan maar een flierefluiter is en dat het rondtrekken met broodautomaten nergens op lijkt. Ik ben er ook nooit echt ‘voor’ geweest dat Kristien met hem trouwde. Dat heb ik u eerder al gezegd, maar ja, wat kan er allemaal niet gebeuren in een mensenleven? We kunnen hem toch ook de schuld niet geven van het ongeluk? Na het ongeval is hij beginnen drinken. Misschien had Kristien anders met hem moeten zijn? Mijn zus zegt dat als een man gaat drinken, het dikwijls de fout is van de vrouw...’

‘En wat denkt u daarover?’

‘Daar is iets van waar. Maar voor Kristien was ’t toch ook moeilijk. Met die twee kleine kinderen! En de zorg voor Klaasje viel alleen op haar. Bijna elke dag naar Leuven rijden, ongeacht het weer...’

‘Hoor ik nu begrip voor de toestand en de gevoelens van uw dochter?’

‘Begrijpen kan ik misschien wel. Maar akkoord zijn, da’s nog wat anders!’

‘Vroeg uw dochter of u akkoord ging met haar beslissing?’

‘Neen! Zoiets is haar aard niet. Akkoord of niet, Kristien gaat haar gang. Punt, andere lijn.’

‘U zou het liever anders willen.’

‘God, ja... Maar hoe gaat dat met kinderen? Je weet het niet vooraf. En zorgen heb je altijd. Kleine kinderen, kleine kruisen en grote kinderen, grote kruisen. Zo zeggen ze dat bij ons. En ’t is helemaal waar. Helemaal.’

‘Wat zit u nu het meeste dwars?’

‘Ik kan het zo niet zeggen. Bij het weggaan vroeg ze nog eens of ik haar toch wilde helpen met de kinderen. En of ik de stadskrant - ik schil er altijd mijn aardappelen in en dan gooi ik hem in de vuilnisbak - wou bijhouden om een appartement te zoeken. Want met Klaas is het niet om het even wat: de deuren moeten breed genoeg zijn voor zijn rolstoel en als het niet op het gelijkvloers is, moet er een lift zijn. Ze zei er nog bij dat die in sommige sociale woningen voorzien is. Maar hier in de stad, in Halle, zijn geen woonwijken. Buiten de stad wel. Maar dat is te ver voor mij. En daarbij, ik denk er niet aan te verhuizen of uit mijn huis te gaan. Niet voor Kristien. Ook niet voor Paul. Voor niemand. Theo zou dat ook niet gewild hebben, daar ben ik zeker van.'

'Denkt u aan wat uw man gewild zou hebben?'

'Eigenlijk wel, nu u het zo stelt. Ik zeg ook dikwijls: "Theo zei dit... en Theo deed dat..." En aan Paul vraag ik nog wel eens: "Hoe zou papa het gedaan hebben?" Paul houdt daar niet van en zegt dan dat hij zijn vader niet is. Maar ondertussen denkt hij er toch nog eens aan. Kristien, van haar kant, trekt zich van wat Johan wil niet veel aan. Ik vroeg haar of ze wel zeker was dat ze de kinderen kreeg als ze zou scheiden. Zou Johan die zo maar laten gaan? En zijn familie? Die hebben een hechte band, dat weet ik zeker. "Het kind in mijn buik krijgt hij nooit," zei ze. "Ik zal wel bewijzen dat hij het weg wilde," zei ze er nog bij. Ik vroeg me af hoe? Maar ik heb het niet gevraagd. Ik kreeg de tijd niet. Ze begon precies te blazen als een bedreigde moederkat! "Klaasje en Eefje kunnen hem af en toe bezoeken. Maar hij zal het zorgen voor hen wel vlug beu worden. Vooral voor Klaas... En als hij niet kan trainen en achteraf aan de toog hangen, zullen de kinderen vlug bij ma worden afgezet." Ma, da's de moeder van Johan. De woorden rolden uit Kristien haar mond! Zo in één adem. Kristien kan nijdig zijn. Vroeger al. Maar voor haar kinderen is 't nog erger! Toen sprak ze weer een beetje stiller. "Luc zal wel getuigen voor mij," zei ze. "Getuigen?" zei ik. "Kom jij dan voor de rechtbank?" "Ja, natuurlijk, mama. Voor de vrederechter. Je kunt wel denken dat, zoals het er nu uitziet, het geen scheiding met wederzijdse toestemming zal zijn. Dat kost wel minder, en het is zo geen rompslomp, maar ik denk er niet aan het hem te vragen... Hij zou het trouwens ook niet willen." Voor de vrederechter! Ik dacht dat ik in de grond zonk. De vrederechter, de "juge" zeggen wij, kent mij. En Theo kende hij nog beter. Hoe gaat dat in een kleine stad? Iedereen kent iedereen... wel, het deftige volk toch. Als 't zo ver komt, durf ik die mensen niet meer onder ogen te komen! Ik probeerde nog: "Met wederzijdse toestemming hoef je alleen naar de notaris te gaan. Ik heb dat eens horen zeggen. En een advocaat? Heb je al gedacht wat dat allemaal gaat kosten?" "Kijk, mama," zei ze. "Ik heb alles onder controle." En ze voegde er trots aan toe: "Ik zal je geen cent vragen voor die echtscheiding... Ik heb een lang gesprek gehad met Paul. Meer dan één zelfs. We hebben samen een regeling getroffen. Paul staat helemaal aan mijn kant en hij wil me helpen." Zo sprak ze. Het maakte wel indruk. Ik dacht: Van wie heeft ze die houding? En ineens zag ik bomma voor mij. Die kon ook zo reageren. Ik was blij te horen dat haar broer haar steunde, 'k had het niet gedacht van Paul, want hij is nogal op zichzelf... Hij heeft er mij nog niet over gesproken. Maar dat zal toch niet lang meer duren.'

'U vindt het belangrijk dat uw kinderen elkaar helpen?'

'Ach ja, waarom ben je anders broer en zus? 'k Zei het vroeger al tegen Theo: bij één kind laten we 't niet, want alleen is maar alleen. Dat betekent niet dat je er een half dozijn hoeft te hebben, maar je hebt elkaar zo vaak nodig!'

'Vindt u dan ook dat de kinderen behulpzaam moeten zijn voor hun ouders? En de ouders voor hun kinderen?'

'Ja, natuurlijk. Maar ze mogen niet overdrijven. Slaaf zijn van mijn kinderen, dat wil ik niet.'

'Een paar avonden per week op uw kleinkinderen passen, zou u dat slavernij vinden?'

'Neen, maar waar eindigt dat? Die kleine zal geboren worden. En mama is toch van goeie wil, ze zal er ook wel op passen. En daar begin ik niet aan!'

'U wilt uw vrijheid behouden?'

'Ja, absoluut. Want als u het nu eens objectief bekijkt: ik moet nu opdraaien voor de stommiteit - of voor de stommiteiten - van Kristien! En als ik haar dan nog niet gewaarschuwd had! Maar ik heb haar verwittigd!'

'Gedane dingen nemen geen keer. Vindt u dat niet waar?'

'Ach, jawel. 'k Zal toch wel weer mijn goed hart laten zien... Maar ik heb het haar nog niet gezegd. Na de koffie stond ze op. "Ik heb nog zoveel te doen," zei ze, "en ik ben moe. Weet je, mama, ik zou zo graag eens een paar dagen naar zee gaan." Weer die zee, natuurlijk! "Om over alles nog eens rustig na te denken. Het appartement staat nu toch leeg," vervolgde ze vlug. "En de kinderen?" vroeg ik. "Klaas is in Gasthuisberg en voor Eva regel ik wel iets voor die paar dagen." "En ga je dan alleen? Is dat wel goed?" zei ik nog. "Misschien gaat er wel iemand met mij mee." Het kwam er zo vlug uit, dat ik de kans niet kreeg te vragen wie, want ze had de deurklink al in haar hand. "Blijf zitten, mama. Ik trek de voordeur wel dicht," riep ze. En ze was weg. Ik hoorde de deur dichtslaan. Ik zat daar, van Gods hand geslagen. En niemand aan wie ik het kon vertellen! Ik had gewild dat er iemand kwam. Gisteren ook al niemand gezien en vandaag zat het me zo hoog dat ik naar u heb gebeld. Maar 't zou toch anders moeten zijn. U bent bedankt, mevrouw.'

X

Aan een van de ruitenwissers zit een lange, dubbele dennennaald vast. Ze zwiept heen en weer. Soms trilt ze even en dreigt los te komen. Maar ze komt niet los. Ze draait en keert. Met een glinsterende waterdruppel aan één uiteinde. Met een lichtje. Zonder. Met. Zonder. Omhoog, omlaag. Mijn ogen volgen. Ik zit in de file. Mijn wagen glijdt vooruit met een snelheid tussen zestig en tachtig kilometer per uur. Ik rij bijna tegen de bumper vóór mij. Achter mij plakt een andere auto tegen de mijne. De ruitenwissers kunnen het gespat van de dubbele rij vrachtwagens rechts van mij bijna niet wegvegen. Ik doe ze sneller op en neer gaan. Komt de dennennaald los? Neen. Ik ben bang dat ze loskomt. Aan iedere op- en neer beweging knoop ik een gedachte vast. Op: bevestiging, neer: ontkenning. Zal Luc komen? Ja... Neen. Houdt hij van mij? Ja... Neen. Is het hem ernst? Of een spel? Mijn gedachten kunnen niet volgen. De ruitenwissers wrijven te snel. Weer langzamer. De dennennaald zit nog steeds vast. Mijn angst groeit. Elke beweging, elke bui bedreigt dit stukje van mijn enige boom: de boom aan de grens van mijn voortuintje. Johan klaagt over de plakkende hars op zijn wagen of over de dakgoot vol met van die naalden. Ik wil die dennennaald niet kwijt. Ik laat de ruitenwissers zwiepen. Bij een hevige guts regen zie ik alleen nog stromend water. Is de naald er nog? Ik recht mijn rug. Mijn hart klopt sneller. Wat voor kinderachtige gedachten heb ik! Ben ik moeder van drie kinderen? Het derde heb ik nog niet gevoeld in mijn buik. Maar ik weet dat het er is. Ik heb al andere angsten doorstaan dan deze dwaze angst voor een dennennaald.

Ik ben Aalst voorbij. De file is ongemerkt in stukken gebroken. Ik rij onbewust sneller. Mijn aandacht gaat naar de weg. De regen rolt voort op het dak van mijn wagen. Rond mij zoemt en pletst het. De ruitenwissers dalen en klimmen. Nu en dan beven en schuren ze. De dennennaald is weg. Ik zag niet wanneer ze juist verdween. Ik voel wrevel. Zoals ik elk jaar - ook dit jaar - wrevelig ben als de zwaluwen vertrokken zijn en ik niet gemerkt heb wanneer ze juist weggevlogen waren. Ze zijn weg. Ik heb ze niet zien flodderen. De dennennaald danst niet meer voor mijn ogen. Ik miste het moment waarop ze verdween. Kinderachtige teleurstelling.

Ik rij naar zee. Alleen. Ik wil vrolijk zijn, maar het lukt niet goed. In mijn buik draait iets. Mijn nek is verkrampt. En mijn voet is stram en zwaar op het gaspedaal. Tussen Gent en Brugge stop ik. Even bewegen, een eindje lopen. Naar het toilet gaan. Handen onder de kraan en een blik in de spiegel. In een van die akelige snelwegsnackbars een kop thee (een builtje stof in een glas heet water) bestellen. Afrekenen aan de kassa. Met een wit plastieken staafje in mijn kop roeren. Waarom doe ik het? Hoelang al doe ik massa's dingen tegen mijn zin? Walg ik van de eentonigheid van mijn daden? Ik wil het anders. Alleen naar zee gaan was het eerste dat ik anders wilde. Het lukte.
Johan: 'Ben je gek? Ben je helemaal gek? In dit seizoen? Om daar in de regen rond te dwalen en bij het binnenkomen je kleren voor de kachel te drogen. Iedere keer herbeginnen. Wat heb je eraan? In jouw toestand!'
Ik: 'Mijn toestand interesseert je niet. Het gaat je niet meer aan wat ik doe en ook niet hoe ik het doe.'
Stilte.

Mama: 'Allang, al heel lang, weet ik dat de zee voor jou iets anders is dan voor de meeste mensen. Maar toch... wie gaat er met je mee?'
Ik: 'Luc komt misschien één dag. Langer kan hij niet wegblijven van thuis en van het ziekenhuis.'
Mama: 'Pas maar op dat Johan het niet te weten komt. Hij kan je laten betrappen.'
Ik: 'Er valt niks te betrappen.'
Stilte.
Mama: 'En de kinderen?'
Ik: 'Klaas blijft drie dagen in het ziekenhuis voor observatie. De vierde dag ben ik terug. Ik wil ook mijn lessen niet missen. En Eva... Mag ik ze drie dagen bij jou laten? Als ze bij jou is, ben ik gerust. En ze is zo graag bij jou. Ik was toch ook soms een hele week bij bomma? Bomma vond het fijn, ik vond het fijn... en jij toch ook?'

Mama: ‘Breng ze maar. Als het weer zo slecht is, blijf ik toch thuis... Wees voorzichtig, hé, Kristien. Als je alleen bent in het gebouw, ga dan langs de trap naar boven, neem de lift niet... Hij moest eens blijven hangen.’
Ik: ‘Ik zal eraan denken, mama.’

Aan het tafeltje tegenover het mijne zit een man. Alleen. Hij heeft zijn Sherlock Holmeshoed aan een kapstok gehangen. Regendruppels druipen eraf. Hij lijkt op mijn vroegere leraar Engels: een tweed pak en een wollen das. Is hij een leraar? Moeilijk voor een leraar om op een maandag, rond tien uur vrij te zijn. Een handelsreiziger? Geen zo’n type. Het is net of hij met zijn ogen het midden van de lengte van het tafelblad afmeet om daar zijn kop koffie te zetten. Is het koffie? De vloeistof heeft net dezelfde kleur als mijn thee. Hij trekt het kuipje met melk heel secuur open en draait het helemaal om boven zijn drank (wat het ook mag zijn). Dan gaat hij langzaam roeren. Met eenzelfde staafje van plastiek als het mijne. Hij kijkt niet op, maar blijft lang, al roerend, staren naar zijn linkerhand die plat op de tafel ligt. Hij draagt geen ring. Als hij een voorzichtig slokje uit zijn kop gedronken heeft, schuift hij het met het schoteltje opzij en haalt een in karton gebonden boekje uit zijn binnenzak. Ik verwacht dat hij nu ook een balpen uit dezelfde zak zal opvissen met die typische mannenbeweging: met één hand de revers van de jas even omhoog trekken, de blik naarbinnen in de jas, en met de andere hand het staafje van het pendopje even van de zakboord oplichten om de pen te voorschijn te halen. Neen, deze man doet het niet. Hij haalt een potlood uit zijn jaszak. Ik zie dat het een scherpe punt heeft. Meteen begint hij in het boekje te tekenen. Een architect misschien? Met die mensen kom ik binnenkort in contact, in de zaak van papa. Het zal wel lukken. ’t Is net of ik anders word, of ik een stuk leven achter mij laat en er niet meer naar omkijk. Ik wil niet omkijken. Het wordt nieuw. Om mij. In mij. Mijn gevoelens zijn nieuw... of toch vernieuwd. Johan betekent niets meer voor mij. Punt, uit. Ik weiger zelfs nog te denken aan mijn verleden met hem. Ik wil echt veranderen. Later misschien, later zal ik me mijn gevoelens van vroeger herinneren. Of toch niet: ik zal me misschien kunnen herinneren wat ik voelde, maar ik zal het niet meer voelen. Ik ga ook anders houden van de kinderen. Hoe zei die psychologe het weer? 'Als een kind maar kansen krijgt om zich te ontwikkelen, komt het wel terecht' en ook - en dit was een bevrijding voor mij - dat ik als moeder mag falen, dat ik mijn fouten onder ogen mag zien. Ze zei nog dat alles een invloed heeft. De zwangerschap, de bevruchting ook. Het kind in mijn buik krijgt me helemaal. Ik ben van dit kind. Het is zoals het is. Ik ben wie ik ben. Mijn werk zal nieuw zijn: met mensen omgaan, met mensen kunnen spreken. Mensen die bouwmaterialen kopen zijn bezig, kijken vooruit. Ze gaan bouwen. Ik zal ze helpen. Werken. Weg uit het ziekenhuis en zijn ellende! Bezig in het bouwbedrijf! In de lessen ben ik een en al aandacht. Studeren is een gunst. Wist ik dit dan vroeger niet? Ik verander. Ik ben aan 't veranderen. Mijn thee staat nog onaangeroerd. Ik zet er mijn lippen aan. Hij smaakt slecht. Het kan alles zijn, behalve thee. Een beetje bitter, gemaakt van brak water. Straks haal ik een flesje spa. Om die smaak weg te spoelen.

Zal Luc morgen komen? De twijfel in al mijn nieuwe zekerheden! Mijn gevoelens voor hem zijn een kluwen. Maar ik verlang naar hem. Ik voel hem. Ik droom van hem. Ik denk aan hem. Als hij er is, is het voor mij genoeg. Is het niet door hem dat heel mijn leven verandert? Is dit niet gek? Ik heb aan Luc nooit gezegd dat ik voortdurend aan hem denk. Ik wil dat hij aan mij denkt. Maar ik twijfel of hij het doet. Hoe kan ik het weten? En dit doet pijn. Als hij morgen maar komt. Zal ik het hem durven te vragen?

De 'architect' heeft nog niet van zijn blad opgekeken. Zelfs als hij drinkt, blijft zijn aandacht bij zijn tekening. Ik kijk aandachtig naar hem. Een vrouw in een tricot mantelpak schuift naast me door. Er blinken waterdruppels op de stof. Ze schudt ze van zich af. Ik word er gewaar op mijn wang en mijn handen. Ze bukt zich boven het hoofd van de man en zoent het. Even vluchtig als haar kus is haar beweging naar zijn kraag. Ze plukt er een dubbele dennennaald af die ze tussen duim en wijsvinger aan de man geeft. Die heft zijn hoofd naar haar op, glimlacht. Ze zegt - ik hoor het duidelijk - 'van thuis meegebracht,' terwijl hij de naald aanneemt en ze tussen zijn vingers laat rollen. Dan laat hij ze op de grond vallen. De vrouw gaat tegenover hem zitten. Ik zie alleen nog een kortgeknipt kapsel van bruin haar en een beige jersey jasje.

Mijn dennennaald? Het kan toch mijn dennennaald niet zijn? Als ik mij recht om te kijken waar ze ligt, voel ik me weer angstig worden. Zal ik nooit genezen van kinderachtige gevoelens? Wordt mijn hart dan niet oud en wijs?

Ik rijd weer de autosnelweg op. Mijn verwarring is voorbij. Het regent niet meer. De hemel wordt klaarder en groter boven de velden en de weiden. Donkere en witte torens van wolken doen me al denken aan de luchten boven de zee. Ik kan er uren naar kijken vanuit het appartementsraam op de dijk in Oostduinkerke. Hier, boven de groenen en de bruinen (er is geen geel meer) zijn ze toch anders: met minder weerkaatsing en getemperd.

Het valt me weer op hoeveel kerktorens er te zien zijn als ik door de vlakte rij. Hier is nog weinig wegverkeer. Ik rij trager om beter te kunnen genieten van dit weids uitzicht. Hoe dikwijls ben ik al door deze polders gereden met de gedachte: We zijn er bijna. Ik ben er bijna. Wat trekt mij hier zo aan? Ik kan het niet zeggen. Aan niemand. Ook niet aan mezelf. Ik vind er geen woorden voor. Wat zei ik alweer aan Luc?

'Ik wil naar zee. Aan zee wordt alles duidelijker voor mij: de feiten, mijn gevoelens en ook mijn plannen.' Luc glimlachte, een beetje spottend.

'Hoe het komt? Door de lucht en de wolken... en misschien ook door het licht,' antwoordde ik.

'Ga dan toch, als het je goed doet. Klaas houden we wel bezig, hij zal je niet missen en je vindt wel iemand om op Eva te passen.'

Naar zee willen gaan leek hem de gewoonste zaak van de wereld. Zoals altijd bij Luc had het geen zin er omheen te draaien. Het was veel eenvoudiger dan wat ik ervan maakte.

Ik rij eerst naar Nieuwpoort om vis te kopen aan de mijn. Nog een plaats waar ik zoveel van hou. En weer kan ik moeilijk zeggen waarom. Het gebouw van gele bakstenen heeft niets aantrekkelijks en de vele viswinkels blinken in hun moderne bouwmaterialen. Ze bekoren me weinig. Je zou er evengoed sjaaltjes, handschoenen en parfums kunnen verkopen. Het is me om de winkeltjes in de mijn zelf te doen. De vloer is er altijd nat en het tocht er. De visgeur schiet in mijn neus en mannen en vrouwen staan, met lange, plastieken schorten boven hun dikke wollen truien, bloederige en glibberige vis schoon te maken. Vlug en behendig snijden ze buiken open, schrapen ze ingewanden weg die bibberend en walgelijk in grote vaten vallen. Witte kisten in piepschuim worden gevuld met vis die zilverachtig blauw blinkt tussen gemalen ijs. Er ligt zalm, haring, makreel, kabeljauw, zeewolf en tong. De tong is hier betaalbaar. Thuis niet. Een verkoopster spreekt me aan met 'Madamtje'. Ik koop ook vis voor morgen. Spontaan zeg ik: 'Twee moten zeewolf.' Ben ik er zo zeker van dat Luc zal komen? Of wil ik het lot tarten door alles te regelen voor zijn komst? Ik neem ook nog één kilo ongepelde garnalen. Zou Luc handig zijn bij het pellen? Brood koop ik onderweg. Dan ben ik zo op de dijk. Even kijk ik nog naar de masten van de vissersboten die nauwelijks boven de kaai uitsteken. Het is laag tij op de IJzer. Als ik in Oostduinkerke aankom, zal de zee heel ver en het strand heel breed zijn met verspreide blinkende plassen.

Buiten het zomerseizoen, op een weekdag, mag ik de dijk oprijden. Er ligt heel wat opgestuwd zand dat mijn wielen afremt. Ik ben er. Als ik mijn zware koffer - ik heb lakens en handdoeken bij - uit de wagen til, voel ik me plots heel moe, zoals men zich voelt als men lang, heel lang naar iets verlangd heeft dat eindelijk in vervulling gaat. De hele middag ben ik bezig. De ruimten die lang leegstonden, moeten weer gaan leven. Alleen is het moeilijk het appartement te vullen. Ik leg de roman die ik gisteren begonnen ben op tafel: *Sneeuw* van Gerda van Erkel. Ik ben nog niet ver geraakt in de zesdaagse schrijftocht van Renate en in de aanvulling ervan door Luuk, haar man. Toch heb ik er al dingen van me zelf in herkend: het verlies, de angst, de schuldgevoelens, de gedachten aan de kinderen, het moe-zijn, de honger naar tederheid en ook het licht en de ruimte. Het einde zal zelfmoord zijn, vermoed ik. Bij het lezen ben ik angstig geworden: de afgrond stootte me af en trok me aan en ik sloot de ogen om hem niet te zien. Ik wilde er niets

mee te maken hebben en toch las ik verder. Die Luuk leek niet op Johan. Helemaal niet. Johan kon zo niet denken. Hij zou deze roman ook niet kunnen begrijpen... Luc wel. Maar als Luc de achterflap las, zou hij het hoofd schudden en zeggen: 'Nu niet, Kristien. Dit boek kan je nu geen goed doen. Je kan die confrontatie niet aan. Nog niet.' De dokter, de eeuwige dokter! Zal hij morgen anders zijn? Zoals ik ook anders ben? Hoe komt het dat de anderen het zo vaak beter weten? Mijn moeder. Johan. Luc ook? Papa? Hij ook? Ik denk het niet. Maar hij liet me in de steek. Hij ging dood. En hij komt terug als een spook. Telkens als ik alleen ben, is hij er. Bedreigend. Ik kan mijn hand nooit in zijn jas steken en in de jaszak kruimeltjes tabak tussen duim en wijsvinger wrijven terwijl hij mijn handpalm vasthoudt, want het spook ontsnapt me. Het heeft geen jaszak. Ook geen jas. Alleen een gezicht. Een ivoren gezicht. En dan nog wel met gesloten ogen. Maar het is er. En ik ben er bang voor. Mijn angst zit dan zo diep dat ik er niet van beef. Mijn hart slaat niet sneller. Ik gil niet. Ik trek mijn haren niet uit mijn hoofd. Ik hurk niet neer in een hoekje. Neen. Mijn angst is naakt, echt, bloot, droog.
Nu toch niet! Ik wil dit spook weg. Ik kijk naar buiten. De zee is mijn hulp.

De late namiddagzon priemt door de wolken. Als kind begreep ik het woord zonnestralen, omdat ik het zonlicht als echte bundels door de wolken had zien schijnen aan zee. In Halle had ik dit zelden gezien. Soms wel eens in de winter tussen de bomen van het Hallerbos. Toen ik het wilde uitleggen aan de juffrouw op school, zei ze: 'Je hoeft niet te spreken van de zon aan zee om het woord zonnestraal te verstaan.' Geen enkele lerares had er ooit iets van begrepen. En ook geen enkel ander mens. De golven rollen grijs en blinkend. Heel hoog in de lucht haasten snelle wolken zich. Er vliegen meeuwen tussen. In volle vaart zwenken ze. Ze draaien en ze keren en laten zich dan drijven zonder één vleugelslag. Boven op elke vlaggenmast zit één meeuw ineengedoken, de bek naar de wind. Als ze opvliegt, komt er meteen een volgende landen. Wachten ze hun beurt af? Er is geen mens te zien op het strand. Op de dijk lopen twee gedaanten, in jassen en kappen gedoken, tegen de wind in. Ze houden hun lichaam schuin en hun kleren flappen als zeilen. Straks loop ik ook naar buiten, maar op het strand. Misschien waait de angst uit me weg en kan ik weer denken aan wat ik aan Luc wil zeggen, want ik weet nog altijd niet hoe hem te vertellen dat ik voortdurend aan hem denk, dat zijn beeld me niet met rust laat. Ook niet als ik naar 'mijn' landschap kijk tussen de lijst van het raam.

Ik blijf bezig tot de zon ondergaat: mijn bed opmaken, handdoeken en toiletgerief netjes in de badkamer leggen. In de keuken heb ik de koelkast en de boiler al aangezet. De gaskachel ronkt en heeft al genoeg warmte in de woonkamer verspreid: buiten is de temperatuur nog vrij zacht, binnen is het vlug behaaglijk geworden. Eten zal ik straks. Nu naar het stille strand lopen, in laarzen, anorak en zuidwester. Ik kijk in de spiegel en denk: 'Ik zie er goed uit. Wat een bedrieglijke indruk.'

Op de natte zandruggen stap ik gemakkelijk. Het regent niet meer, maar het blijft hard waaien. De waterplassen rimpelen met gouden vonken in de wind. Ik ga naar 't westen, de zon tegemoet. De rode bol zakt groter en groter tussen uitgerafelde wolken als een oude trui in wit en grijs. De duinen liggen in een stille, paarse schemering. Ik keer me om naar mijn lange schaduw. In mij wordt het stil, rustig. In de verte zie ik een driehoek van trekvogels traag drijven. Ik volg hun lijnen door de hemel. Soms schuiven ze achter de wolken weg en verschijnen weer op een roerloos stuk blauw. Ik ben diep onder de indruk. Vanwaar komen ze? Waar gaan ze naartoe? Hun zwijgen en hun verdwijnen is zo mysterieus als het vallen van de avond. De zon is verdwenen. Er deint nog een vaag schijnsel in de lucht die zich sluit. Boven De Panne brandt het eerste licht. Dan draai ik me om en stap naar huis met de wind in de rug. Ik weet zeker dat het goed is, want mijn ziel is rustig.

De dag begint zoals de avond gevallen is: stil. Ik denk meteen aan Klaas en aan Eva. Klaas in zijn witstille ziekenhuiskamer. Eva, bij bomma, in de helder stille logeerkamer. Vanzelf gaan mijn gedachten naar Johan. Ik schrik ervan en buig ze om naar Luc. Wat zei hij ook weer?

'Als ik kom, kom ik vroeg. Ik hou van het witte morgenlicht

in de plassen van het strand.' En ik antwoordde als een dwaas verliefd jong meisje: 'Ik ook, Luc.' Lief keek ik naar hem op, maar hij was weeral weg naar een andere zieke. Heeft hij mij ooit anders aangekeken dan als een dokter zijn patiënt? Die keer van de citroenkus, misschien. En vorige week. Heel zeker. Hij zat koffie te drinken in de cafetaria. Zonder witte kiel. Hij droeg een ribfluwelen broek en een gebreide, groene trui met een rolkraag. Toen ik aankwam, zag hij me meteen, want zijn blik liep traag door de zaal. Ik weet niet wie eerst de andere zag. Hij of ik? Alle twee tegelijk staken we de hand op. Hij zwaaide om aan zijn tafeltje te komen zitten. Zou ik het gedurfd hebben zonder zijn uitnodigend gebaar? Misschien wel, want hij was alleen. En hij was niet de dokter, maar Luc, gewoon. De hand die hij me reikte was droog en vast. Ik dacht aan de citroenkus, maar deze keer boog hij zich niet in mijn richting. Hoffelijk ging hij voor mij iets te drinken halen.

'Koffie of thee?'

'Liever koffie. De thee is hier slechter dan gekookt water.'

'Ken jij de smaak van gekookt water?' lachte hij nog.

Hij kwam vlug terug, maar in die korte tijd voelde ik weer die behaaglijke zaligheid rond mij als een warme deken. Terwijl hij mijn koffie op tafel neerzette, keek hij me aan. Nu pas zag ik dat zijn ogen bleekgroen waren. Zoals de zee in het prille begin van de lente. Ik had het gevoel dat ik naar hem kon blijven kijken. Verliefd zijn leek me alleen kijken naar elkaar. Heel duidelijk wenste ik dat de tijd stil mocht staan en dat er niets meer gebeurde dan dat Luc naar me keek met die bleekgroene, glimlachende blik. Hem zeggen: 'Kijk naar mij' en zo de avond vullen. Maar hij begon:

'Hoe gaat het met je, Kristien? Vind je 't niet fantastisch wat we met Klaas bereiken? De prof is al even blij als ik. Wat zegt je man ervan?'

'Ik weet het niet. Ik weet niet wat mijn man zegt. Ik luister niet meer naar hem.'

'Gaat het moeilijk tussen jullie? Dat gebeurt wel vaker als de spanning wijkt, als het betert.'

'Spreek niet als een dokter tegen mij, Luc. Ik wil op een andere manier met je praten.'

De lach gleed weg uit de bleekgroene ogen. Ze werden grijsachtig. Ik bleef in zijn ogen kijken.

'Ik wil scheiden. Scheiden van Johan. Ik wil anders worden en dat kan ik niet met hem. Ik wil ook anders zijn met de kinderen. En dat kan ik zeker niet met hem. Jij bent getrouwd, ik weet het. Maar heb je kinderen?'

Luc keek niet meer op. Hij roerde langzaam in zijn kop en staarde naar de beweging.

'Neen. Mijn vrouw wil er geen. Ze is pedagoge. Ze wil de spreekbuis zijn van hét Kind. Door zelf geen kind te hebben is ze niet beladen door wat we verkeerd hebben gedaan, zegt ze. Ze beweert dat we geen goede ouders zouden zijn. Ik met het ziekenhuis. Zij als therapeute. In zo'n jobs lukt het niet met kinderen! Ze zouden zich steeds aan ons hoeven aan te passen.'

'Denk jij ook zo?'

Luc nipte even aan de koffie die nog te warm was. Het duurde een tijdje. Hij legde zijn linkerhand op het tafelblad in mijn richting. Ik wilde zo graag mijn hand op de zijne leggen, maar ik durfde niet.

'Ja,' antwoordde hij, 'ja. Maar soms, als ik een vader met zijn kind bezig zie, denk ik: ik mis toch wat. Vooral in de zomer, aan zee, als ik de papa's zie forten bouwen, vliegers oplaten en over de golven springen, benijd ik hen wel even. Maar ik vergeet die gedachte meteen als ik aan het werk ben. Trouwens, ik weet helemaal niet wat het is om vader te zijn. Mijn vader heeft nooit aandacht besteed aan mij. Aan mijn broers en zus ook niet. Goedkeuring of afkeuring? Het was altijd geknor. Ik heb niets gehad aan die man. Hij was een schitterend advocaat en een joviaal politicus. Nooit thuis. Er is geen enkele foto van hem met een van ons in zijn armen of op zijn knie of spelend in het gras of op het strand. Er zijn wel familiefoto's, je kent dat: in groep, stijf in de nieuwe kleren, kijkend in de lens, mijn moeder zittend in een stoel, mijn vader staand achter haar, als een majesteit, en wij rond hen, twee links, twee rechts, als erfprinsen en mijn zus als de prinses. Als we ouder werden, wilde mijn vader het wel anders, maar voor ons hoefde het niet meer. Ik heb geen enkele band met die man. Gelukkig was moeder anders... Maar stel je voor, mijn vrouw en ik, moeder en vader!

Och arme, onze kinderen! Weet je, Kristien, ik heb een hekel aan families. Ik zie me onmogelijk als vader van een gezin.'

Luc keek op. Net of hij zich schuldig voelt, dacht ik. Dan vroeg ik:

'Denk je dan nooit: van die vrouw wil ik een kind?'

'Heb jij ooit gedacht: ik wil een kind van Johan?'

'God, neen. Ik heb geen tijd gehad om te denken. We zijn zo jong getrouwd. We vrijden er maar op los. Ook vóór we trouwden. 't Is een wonder dat ik niet eerder zwanger werd. Tot lang na de geboorte van Eva, was ik gewoon gek van het lichaam van Johan. Zonder het ongeval was het misschien blijven duren, was het misschien nu nog altijd zo. We leefden in een roes. We dachten aan bijna niets anders dan met elkaar naar bed te gaan. En er kwamen kinderen van. Zo simpel was het. Maar na het ongeval ben ik de pil gaan nemen. De rest weet je, Luc. Ik heb het je al verteld.'

Mijn woorden rolden uit mijn mond. En terwijl ik ze uitsprak dacht ik: 'Begrijpt hij niet dat ik ook zo van zijn lichaam wil genieten? Dat ik in mijn gedachten al heel zijn lichaam heb verkend?'

We zeiden niets meer. Ik keek weer naar hem, maar hij droomde weg, dacht ik.

'Is het je ernst met die scheiding?' Zijn blik zocht naar mijn gevoelens.

'Ja. Ik wil rustig denken over wat er allemaal komen zal. Daarom ga ik naar zee. Alleen. Als jij me daarbij kon helpen. Kun je niet één dag naar zee komen?'

Ik kijk door het raam. Het is gevuld met de lucht, de zee en een stuk strand. Ik blijf kijken. Nooit word ik het moe. Als kind al kon ik staan staren terwijl de anderen, achter mijn rug, lawaai maakten en speelden. Altijd al heb ik geweten dat er zich hier iets afspeelde tussen mijn diepste gevoelens en het landschap, maar nooit heb ik kunnen zeggen waarom. Ik zocht ook niet naar de redenen, maar ik wist dat het zo was. Als ik ooit gelukkig geweest ben, was het aan zee.

Dacht ik aan hen van wie ik hield, dan zag ik hen aan zee. Vandaag zal ik ook van Luc een beeld krijgen met oneindigheid van wolken, water en zand. Ik trek het venster open om te zien of hij er nog niet aankomt. Hij zou zijn wagen parkeren op het plein en te voet op de dijk wandelen. Ik hang uit het raam om zo ver mogelijk de weg af te speuren. Er lopen heel wat wandelaars. Het belooft een zachte herfstdag te worden. De mensen dragen alleen een truitje boven hun zomerkleren. Vanmorgen heb ik de gaskachel niet meteen aangestoken. Het was warm genoeg. Mijn aandacht wordt getrokken door een groep krijsende meeuwen. Ze cirkelen boven het hoofd van een vrouw die stukjes brood de lucht ingooit. De vogels duiken er naartoe, happen ernaast of vliegen ermee weg. De vlugste worden door de andere achternagezeten. Ze duiken, ze klapwieken met snelle vleugelslag, ze wenden, ze keren en ze draaien soms als een schroef naar beneden. Soms denk ik: die meeuw valt te pletter voor een stuk brood, maar keer op keer landt ze met de zachtste vleugelhouding op haar rode pootjes. Als ik uit het raam zou vallen, dan sloeg ik te pletter op de plaveien van de dijk, of misschien botste ik eerst tegen een van die metalen staven die een tentzeil steunen aan het uitstalraam van de winkel beneden. Ik zou niet direct dood zijn. Afschuwelijke pijn zou ik voelen. Misschien zelfs niet het bewustzijn verliezen. Met een ziekenwagen weggevoerd worden naar het ziekenhuis van Veurne. Zeker een miskraam en overal pijn, pijn! En Luc die zou aankomen en me bezoeken. Niet als dokter. Als wat dan? Als vriend? Dit kan niet. Hij is mijn vriend niet. Verlang je naar het lichaam van een vriend? Ik ril. Ik recht mijn rug. De meeuwen vliegen boven het water nu. Op het strand pikken duiven de laatste kruimels brood op. Luc komt er nog niet aan. Ik ga weg van het raam, maar laat het openstaan. Ik plof neer in de zetel.

Die vrouw van Luc? Wat zei hij weer: een pedagoge? Ze wil geen kinderen. Hoe komt het dat ik een hekel heb aan die vrouw? Vóór dat gesprek was het niet zo. Als je van Luc houdt, wil je toch een kind van hem. Luc die op mij ligt, helemaal gestrekt. Ik voel zijn tenen en zijn knieën, zijn penis ligt slap tegen mijn buik, zijn borst is hard. Hij richt zich even op, steunt op zijn ellebogen en hij fluistert: ‘We hebben samen een kind gemaakt.’ Ik sluit de ogen. Plots word ik in mijn buik een vreemd gevoel gewaar. Iets als een golving, een korte rilling.

Mijn kind! Ik leg mijn hand op mijn buik. Nog even voel ik een soort kort geklots en dan is het weer weg. Mijn kind beweegt, ik voel mijn kind bewegen! Vandaag. Aan zee. Het kind van Johan. En ik droom van Luc. Kan het? Mag het? Mag ik zo gelukkig worden? Klaas? En Eva?

Ik kijk nog eens door het raam. In een klad zonlicht staan de meeuwen ineengedoken. Een enkele, tussen al de andere, heeft de staart tegen de wind gedraaid. Af en toe vliegt er één op, draait met sterke vleugelslag tot aan de branding en komt heel zacht terug boven de groep zweven om dan in de hoop weer roerloos te staan. De zwerm blijft onverstoord. En plots vliegen ze op: eerst een tweetal, dan meer. Vanop de vlaggenmasten starten ze ook, behalve één: een kleine bruine mantelmeeuw. De vleugels van de zilvermeeuwen schitteren van licht, in dezelfde beweging als die van de aanrollende golven. De zware, geometrische schaduwen van de appartementsgebouwen staan op het strand getekend. Komt Luc er nog niet aan? Ga ik hem tegemoet? Misschien mis ik hem dan wel. Hij kan ook van de andere kant de dijk oplopen. 't Is al niet meer vroeg. Zal ik telefoneren? Naar het ziekenhuis? Ik kan nieuws vragen over Klaasje en dan, langs mijn neus weg, 'Komt dokter Debonteridder vandaag?' De naam uitspreken die ik zo mooi vind. De bonte ridder uit mijn kinderdromen op zijn paard in felgekleurde 'hozen' en wapenrok, vervuld van de hartstocht voor de 'vrouwe' van zijn gedachten!

Dwaas, o dwaas die ik ben! Bakvistaal is dit. Die ridder is een realistische dokter die zich niet in een ingewikkeld avontuur met een halfgekke vrouw, moeder van drie kinderen (waarvan één gehandicapt), wil gooien en er een trouwe, bekwame pedagoge van een vrouw, zonder kinderen, zonder gezanik, zal door verliezen! Gek ben ik. Maar ik kan niet anders dan aan hem denken, hem voor mij zien, hem willen, hem willen hebben. Wat zei hij weer? 'In de namiddag kunnen we dan misschien naar Sint-Idesbald, naar het museum van Delvaux gaan. Ik ben er al geweest met mijn vrouw. Ken je Delvaux?' En op mijn neen-schudden: 'Maar jawel, Kristien. Hij schildert naakte vrouwen - altijd dezelfde met perfecte lichamen en grote, donkere starende ogen - op plaatsen waar je geen naakte vrouwen

verwacht, in de buurt van geleerde kalende mannen met brilletjes, in lange jassen; tussen antieke gebouwen, op wegen en in straten met lantarens of onder het dakgebinte van een groot station. Hij schildert ook stations en treinen... vol weemoed en huizen van binnen verlicht. Zie je het echt niet? Soms dragen zijn vrouwen ook lampen, olie- of petroleumlampen. Nog niet? Of ze zitten samen in een treincoupé met houten banken, helemaal naakt, met een hoed op.' Toen lachte hij.
Ik ken Delvaux niet. Ik ken niemand of niets uit de wereld van Luc. Hij wil me toch die wereld leren kennen. Hij heeft me ook mezelf leren kennen. Zou hij dit weten?

Durf ik te bellen? Het is heel gewoon dat ik naar Klaas vraag. En ik bel ook naar mama voor Eva. Krijgt Luc nu voorrang op hen? Ik denk van niet... Verwijt ik me mijn gevoelens voor Luc? Ik weet het niet meer. Ik wil het niet weten. Als hij maar komt.

'Hallo? Ja, Eefje. Morgenavond komt mama terug. Ga je naar de speeltuin? In het park? Ja, ik breng schelpjes voor je mee... Zoen. Zeker, mama, ik ben voorzichtig. Ik heb goed geslapen, ja. In één ruk. Da-ag.'

In één ruk. Toen ik wakker werd, dommelde ik weer in... en ik droomde. Boven de zee hing een gordijn en ook ernaast. Een roodfluwelen gordijn. De zee eronder en ertussen als een theaterdecor met een lelijk blauwe lucht en witte wolkjes boven verstevn grijs en witte golfjes. Ik hoorde muziek. Zeer luide muziek die pijn deed aan mijn oren. Toen de muziek opeens stopte, sprong er een vis uit de golven. Hij smakte met een nat lawaai op de houten planken van de scène die een strand voorstelde. Even wipte hij nog op, sloeg met zijn staart en bleef dan ongeveer roerloos liggen. Alleen zijn kieuwen en zijn mond gingen traag open en dicht. Ik keek aandachtig toe. De vissenkop was het hoofd van Luc. Het was hij. Ik wilde hem grijpen om hem terug in de zee te gooien, want ik zag dat hij stierf: hij hapte angstwekkend en ik zag een dun streepje bloed uit zijn oren vloeien. Glibberig schoot hij uit mijn handen. Mijn eigen luid geschreeuw maakte mij wakker. De muziek schetterde ook weer. Zou er iets gebeurd zijn met Luc? Was mijn droom een voorteken?

'Hallo, de mama van Klaas... Er is coördinatie tussen wat u

zegt en de bewegingen van zijn armen? Wat betekent dat? Hij doet met zijn armen en zijn handen wat u hem vraagt? Zeker, overmorgen ben ik er. Zegt u hem dat zijn mama gebeld heeft? En... eh... komt dokter Debonteridder bij hem langs vandaag? Hij is vandaag niet in het ziekenhuis? Neen, geen boodschap. Gewoon omdat ik weet dat hij Klaas begeleidt. Dank u.'

Luc is dus niet in het ziekenhuis. Pech gehad onderweg? Ik kijk nog één keer door het raam en dan niet meer. Geen Luc te zien. Ik heb me door mijn gevoelens laten meeslepen. Welk teken heeft Luc mij gegeven? Geen enkel. Alleen tekens van een bezorgde dokter voor de moeder van een patiënt. Aan alles heb ik een andere betekenis gegeven. Ook aan de citroenkus. Een kus van zachte bekommernis!

Gek ben ik.

De zee is heel ver teruggetrokken. Ze gaat nog verder achteruit. Meegesleurd worden met het water dat aan het zand rukt als een net. Wentelen in de golven en alle kleuren van de regenboog zien, met tuitende oren uiteenspatten als een bel. Kon ik het maar! Kon ik naar beneden gaan en rechtdoor stappen, over de dijk, over de ongerepte zandruggen, door het lage water dat aan mijn voeten likt, dwars door de golven aan mijn enkels, mijn knieën, mijn dijen, mijn buik, mijn borst, aan mijn kin. Mijn longen helemaal leegblazen. Mijn mond laten volstromen en mijn neus en mijn ogen openhouden, mijn haar laten deinen als zeewier. Niet zwemmen. Hoelang kan het duren? Een paar minuten. Meer niet. Al dat lange afzien, zó voorbij!

Luc komt toch niet. 't Is al twaalf uur geweest. Ik hou me stil in een hoekje van de sofa. Mijn ogen toe. Komt dat spook van vader weer opdagen? Hij kijkt heel streng en wijst met zijn vinger naar mijn buik. Ik wil hem niet meer zien. Buiten, op het strand, raak ik hem kwijt. Ik kan niet opstaan. Alles duizelt voor mij. Ze hebben mij bedrogen. Bomma met haar eeuwige glimlach. Ze liet me in de steek. Papa met zijn 'lieveke'. Waarom stierf hij zo vroeg? En mama die niets, niets begrijpt en me naar een kostschool stuurde: buiten, weg! Johan? Een groot kind. Met speelgoed: een motor, een auto en mij? Een pop met Klaas en Eva als poppetjes. Zijn speelgoed wordt hem afgenomen en hij jankt. Hij sust zichzelf met alcohol. En Luc? Ik kan niet meer denken. Wat ben ik hier komen doen? De zee ging me helpen nadenken. De zee zou me rust brengen. Verraadt ze mij nu ook? Deze ruimte is vol van de zee. Ik wil hier weg. Naar buiten, maar niet naar het strand. Weg van de zee. Het weer is mooi geworden. De lucht is zacht als een kinderhuid. De dijk is met lichte kleuren van peuterkleren versierd. De ouders zijn jong. Veel jonger dan ik. Er lopen ook grootouders tussen. Glimlachend. Een sfeer voor de hemel. In de lucht hangen felgekleurde vliegers. Alles zingt.

Ik draai meteen een straat in. Weg van dit zalig paradijs waarin ik niet pas. Op de stoep komen vijf kinderen aan in rolstoelen. Op hun knieën dezelfde blauw-, groen- en roodgeruite plaid. Ik bekijk ze een voor een. Drie jongens en twee meisjes. Twee hebben scheve monden. Eén een groot hoofd dat gesteund wordt door een met zachte stof beklede constructie die met een metalen staaf vastzit aan zijn stoel. De twee anderen hebben gave gezichtjes met dromerige ogen. Hun rompen zijn eerder tenger, behalve van één meisje. Haar bovenlijf is goed ontwikkeld als van een zwemster, maar ze heeft geen zichtbare borsten. Ik blijf staan om hen door te laten. Al mijn gejaagdheid ebt weg. Mijn houding en mijn blik storen de begeleiders, ik zie het wel. Wie gaapt er op die manier gehandicapten na? Eerst lachten ze, maar hun gezicht betrekt. Het wordt heel stil. Plots hoor ik hoe stil alles wordt. Een woestijn! Er blijft geen liefde over in mij. Voor niemand. Ik luister. Niemand roept mij.

Ik kijk en ik zie Klaas in zijn rolstoel. Op zijn gezicht lees ik mijn dood. Als hij later, op de dijk van Oostduinkerke gereden wordt, zal niemand hem zeggen welke angsten ik hier, op dit ogenblik, uitsta, want niemand weet het. De stilte zal dan nog groter zijn dan nu. Het maakt me duizelig. Allang is het kind dood in mij dat naar de liedjes van zijn oma luisterde en zandkastelen bouwde op het strand. Het jonge meisje dat achteraan op de motor van Johan de dijk kwam opgereden, is dood. Dood is ook de jonge vrouw die met haar mond het lichaam van haar man - van zijn oren tot zijn tenen - aftastte en dronken werd van warmte en lichaamsgeuren. En dood is deze moeder van mijn eigen kinderen. Zij zijn de toekomst. Ze zijn het waard dat mijn leven vergeten wordt. Dood is mijn vlammende verliefdheid voor Luc. Gevoelens die het niet waard zijn begraven te worden. Al die mensen in mij zijn dood zonder graf. Zonder herinnering.

Ik sta met gesloten ogen tegen de gevel. De rolstoelen zijn niet meer te zien, als ik mijn ogen open. De dag is blauw. Maar het telt niet meer. Voor mij is het donkere nacht. Een lange siddering is uit mijn buik omhooggekomen. Woorden zijn opgeborreld. Ze raakten me niet. Toch hoorde ik ze: 'Dit kind zal ik nooit in de steek laten.' Een klein geluid in mijn hersenen. Gebeurt er iets met het kind in mijn buik? Ik mag niet. Ik mag het niet doen. De stem van moeder als een echo: 'Kristientje, dat mocht je niet gedaan hebben. Dat recht heb je niet!' Ik kan hen niet opzadelen met het lijk van een gek, van een verliefde gek nog wel. Het zou zwaarder wegen op hun levens dan mijn ellendige eenzaamheid.

't Is net of een vonk me in brand steekt. Mijn kinderen zullen op de mallemolen van mijn dwaasheid niet stappen. De vonk wordt een vlam. Ik voel een levende warmte. Tot het leven veroordeeld door mijn kinderen. Op mijn wangen is er iets zachts en toch ben ik moe en verlaten. Ik stap naar mijn wagen en ik rijd naar Klaas. Misschien kan ik dicht bij zijn droom zwijgen. Ik kijk heel lang naar mijn gezicht in de achteruitkijkspiegel. Een tegenligger toetert. Als ik dood was geweest, zouden mijn wangen als was geworden zijn, mijn lippen blauw en mijn ogen weggerold. Ik wil niet dat de kinderen dat beeld van mij zouden moeten bewaren. Mijn dood is niet van mij. Mijn kinderen...

XI

‘Er is iets vreselijks gebeurd, mevrouw. Kristien, u weet wel, mijn dochter Kristien, heeft een ongeval gehad. Met de auto... tegen een paal in de buurt van Gent. Ze heeft me nog getelefoneerd om te vragen hoe het met Eefje was. Van aan zee. Waarom moest ze toch weer zo nodig naar zee? Wat deed ze op de weg naar Gent? Ik begrijp het niet. Vanuit een ziekenhuis hebben ze Johan opgebeld. Johan, haar man. Hij heeft me verwittigd. Ze leeft nog. Hij is er naartoe. Zo gauw hij bij haar was, zou hij me opbellen. Ik ben zo opgejaagd... Daarom bel ik. Maar ik hou op. Ik zit hier met haar dochtertje. Voor het kind moet ik me recht houden.’

COLOFON

Vanderstraeten, Cécile
Twee stemmen

Leuven, Davidsfonds/Literair, 1999

Blijde-Inkomststraat 79-81, 3000 Leuven
116 p., 21,3 cm
Gedrukt en gebonden bij Walleyndruk NV, Brugge
Vormgeving: Smets & Ruppol
Omslagontwerp: Jocelyn Gautama
Omslagfoto: Philippe Debeerst

D/1999/0201/ 08

ISBN: 90-6306-396-2
Doelgroep: volwassenen
NUGI: 300 SISO: 851